要走四方就要靠自己。要好好学习，考上重点中学，再考上重点大学，出国读书要自己申请拿到奖学金。这是父母的要求，他们觉得一个学力尚可的小孩理应如此，这也是我觉得理所应当的。就好像我喜欢的作家琼·狄迪恩（Joan Didion）说过的，她无法理解一生不远离家乡的人，她觉得人离开家乡是成长的应尽之责。

这条大多数人走的路，我不止一次想过如果考砸了，成绩一落千丈就可以画画了，可以学艺术了，可运气不好，就是考不砸，也可能是狮子座爱面子吧。这条路一直走得还行，直到终于觉得还是更喜欢创作。中间所有其他的选择和尝试，父母只会说，自己选的自己负责。

学业竞争的道路并非完全没有压制天赋或创造力。真正心思活络，能放开了画画，是离开校园搬到纽约以后开始的，而直到从纽约搬回国主业画画，最近一年才觉得真的自由了。

不久前，我爸说，你确实越画越好了，你爷爷要是还活着，他一定最高兴，他就希望你多画画。我爷爷活了 98 岁，是没有遗憾地离开这个世界的，没看到我主业画画的一天他也不会遗憾。我的遗憾是他离开时我在美国没能回国。

其实还好，我从小就是和他最亲近的孙女，他了解我，我也明白他，是一种跨越了年纪的平等的祖孙关系。这种与家人的关系，贯穿了三代人，是他们和自己的孩子——也就是我的父母——的关系，也是我和我父母的关系。我们在互相磨合和改变中，对家、爱和自由有了最舒服的理解和定义。我也被问过是否有优越感，一个人有没有优越感，更多是旁观者在自己身上的投射吧。其实是没有的，但家人的存在、成长经历和现实世界的体验，都决定了我觉得什么重要，什么可以舍弃，什么值得选，什么值得爱。

仔细想来，我和父母的关系大概就是放风筝的关系。线一直在他们手里，只是他们把我放得很远，拉得很松。从一开始就决定把我放得高和远，让我自己飞。但正因为有他们这根线在，我才能飞得更自由、更安心。

感觉构成了我事业的基础，
我觉得自己难以被理解。

——塞尚

能让我们用五种感官同时感受的东西太少了。

——利希滕贝格

# 风筝

The Kite

《三心二意》是我的第一本书，第一本书必须献给父母。

我父母是艺术家，在艺术院校工作，他们的父母也毕业于艺术院校，任职于艺术院校或文化机构。甚至再上一辈也从事类似工作。

于是，总有人问我为什么没有读美院学艺术？确实是家里不让。我父母害怕我产生惰性，像很多艺术家子女一样，把学艺术作为预先设定好的人生道路，走起来轻松，还有父母庞大的关系网作为庇护。他们不想给我庇护和便利。

小学高年级时，我爸买了一本《好女孩上天堂，坏女孩走四方》，我那时还小，看不懂，也不想看女性励志书籍，更爱看《傲慢与偏见》那种喜欢上自己第一眼反感的人的剧情。我爸指着封面问我，上天堂好还是走四方好？我选了走四方，因为天堂是一个地方，四方是很多地方。

三心二意
SANXIN-ERYI

策　　划：湖岸
责任编辑：叶　子　韩亚平
装帧设计：陆宣其

**图书在版编目（CIP）数据**

三心二意 / 龙荻著 . -- 桂林：广西师范大学出版
社，2021.1
ISBN 978-7-5598-3350-1

Ⅰ．①三… Ⅱ．①龙… Ⅲ．①随笔－作品集－中国－
当代 Ⅳ．① I267.1

中国版本图书馆 CIP 数据核字（2020）第 204419 号

出版发行：广西师范大学出版社
　　　　　广西桂林市五里店路 9 号　邮政编码：541004
网　　址：http://www.bbtpress.com
出 版 人：黄轩庄
印　　刷：北京华联印刷有限公司
　　　　　北京经济技术开发区东环北路 3 号　邮政编码：100176
开　　本：710 mm×1000 mm　1/16
印　　张：12.5　字数：180 千
版　　次：2021 年 1 月第 1 版　　2021 年 1 月第 1 次印刷
定　　价：118.00 元

# 三心二意

# DISTRACTED

龙荻 著

湖岸®
Hu'an

GUANGXI NORMAL UNIVERSITY PRESS
广西师范大学出版社
·桂林·

# 湖 岸
**Hu'an** *publications*®

**出版统筹**＿唐　奂
**策划编辑**＿肖海生　刘焕亭
**责任编辑**＿叶　子　韩亚平
**特约编辑**＿张引弘　周　赟
**文字编辑**＿屈　冰　王　翡
**产品设计**＿陆宣其　周　赟
**营销编辑**＿黄国雨　刘焕亭
**装帧设计**＿陆宣其　周　赟

🐦 @huan404
微 湖岸 Huan
www.huan404.com
**联系电话**＿010-87923806
**投稿邮箱**＿info@huan404.com

感谢您选择一本湖岸的书
欢迎关注"湖岸"微信公众号

# The Secret History of Wonder Woman

神奇女侠的隐秘历史

# 学历史是个过程

Studying History Is an Essential Episode

在编辑这本书的时候，编到这个写历史、书评的部分，主编都有点头疼，觉得这个部分的文章"太硬了"。但在历史学院读书的八年多时间是我人生中一个很重要的阶段，是绕不过去的。

人生的任何阶段都离不开选择。读大学第一年念的是商学院，后来从商学院转系去历史学院世界史学系，可以说是拍脑袋的决定，但在做这个决定之前就积累了对商学院的很多负面情绪。大学第二学期的3月左右，商学院的班长跑到各个宿舍门口挥舞一张转系申请表格，基本无人应答，最后到了走廊尽头的我们那间宿舍，敷衍地问完正要转身走掉。我说我要转系，转历史学院。当时宿舍里的人都像看神经病一样看着我认真接过表格填上姓名。

后来这样的异样目光我还收到过好几次。在商学院办公室交正式的申请表时，办公室埋头工作的老师听到我说要转去历史系，都齐刷刷抬头看我；再后来转到历史系，新班主任给了我一个泼冷水的欢迎讲话，她也用看神经病的目光看着我说：你可真是逆时代潮流而动呢。

　　如今想来她说的一点没错，我一直在做着很多人眼里"逆时代潮流而动的"选择，当然也包括后来我攻读完美国历史硕士学位，搬到纽约，开始帮朋友做餐厅的创意和公关，当时也有很多人不解，问我怎么去搞餐厅了。我为什么不能去搞餐厅呢？我禁不住在心里反问。如果我知道一件事我只要用心努力就能做好，如果这件事对我来说足够新鲜又可以锻炼自身的能力，那为什么不做呢？后来在那么多朋友努力要留在纽约的时候，已经在那里站稳脚跟的我选择回国；还有再后来继续画画……总会有好为人师的人评价我的选择。

　　异样的目光看多了，我就习惯了。人们总是因为自己的偏狭而用既定思维去品评别人的人生，但是如果自己足够了解自己，也就不太在意别人的评价了。这些评价和不解大多来自某些自诩知识分子的前辈和同龄人。我理解文化人的傲慢，认为学术大于泛文化艺术、写硬文章大于画画和开餐厅的人大有人在。想想黄晓明那句"我不要你觉得，我要我觉得"其实很适合搞创作的人，自己觉得好的路，能走下去，那就往下走吧。当然可能在那些无法认同我的选择的人看来，引用黄晓明的这句话也是大逆不道的。但我不是讨好型的人，更不需要他们的认同，艺术家搞创作如果是为了获得认同，实在太可悲。

转系这件事对美国本科生来说自然而然、微不足道，但是在中国学生这里，至少在我读本科那几年，还算个大事。在很多人眼里，转系就意味着整个人生路径的改变。但回看这些年做的选择，我想即便我当时硬着头皮在商学院把日子混完，最后还是会选择画画为主、写字看书为辅的生活。一个人成长路上的很多变化看似突兀，却都在情理之中，最害怕的是那种用刻舟求剑的方式看人生的人。人生是桥下的水，过去了就过去了。

当年转系的直接原因是商学院上课的体验并不好。经济学老师讲课无趣，管理学老师照本宣科，课堂沉闷，更不要提老师有没有学者气质和个人魅力了。现在想来也许适应了这样的课堂也就能应对之后人生的实际问题和普遍的无趣，但我无法适应。大一下学期选上了一节历史系的选修课，发现自己更喜欢历史系老师的博学和风度，他们每个人都有鲜明的性格。对教授人格魅力的喜欢一直延续到在美国读完书，你可以在他们身上看到文人的各种个性鲜明的毛病，不管他们待我如何，我对他们性格的这份偏爱一直都在。

选择学历史的更深层原因是小时候听祖父母和外祖父母讲了太多过去的故事，他们经历了几乎整个 20 世纪中国和世界的巨变。听他们娓娓道来，听到许多历史课本上没有的故事、很多真实的体会和态度，知道了在大历史面前人是多么渺小，但即便渺小，他们也被时代裹挟着

05

做选择，不得不鼓起勇气承担风险和代价。即便很渺小，故事从他们口中轻描淡写地讲出来，也讲得回肠荡气。去探究这些故事背后的东西，去了解更多的故事，可能就是我当年选择学历史的更深的原因。

后来学了美国历史，学了美国早期史和性别史，在看美剧和电影时能看到别人注意不到的细节，会与影片共鸣，会心一笑。无论看百老汇版还是电影版《汉密尔顿》，无论看过多少次，都依然感动和兴奋；看历史学专著永远比看小说更快、更专注，诸如此类的感触和习惯就是学历史的过程留给我的最好礼物。我不需要这个过程带来什么结果，也不在意别人对我的选择表示多大的遗憾，该认真学习的时候认真学习过，想把文章写硬的时候就可以写硬，这就是对过程最大的尊重。

# 当历史音乐剧成为
# 历史的一部分

Historical Musical as Part of History

  2015 年 7 月,嘻哈音乐剧《汉密尔顿》登上了百老汇的舞台。我的生日刚好在七月末,那年不知道送自己什么好,便斥巨资抢了一张票去看戏。我至今依然记得那天晚上排队入场时闷热的空气、街道的拥挤,记得我身边那个带读高中的儿子来看戏的中年母亲,看完后对她儿子说:你看,妈妈喜欢的东西并不都那么无聊吧?

  五年过去了,独立日前一天,迪士尼把原本打算 2020 年 10 月在院线上映的官方摄影版《汉密尔顿》放在了迪士尼流媒体平台上播出,我也又看了一次,看完以后依然感动,不愧是我过去五年听得最多的一张专辑。当然,第一次看的时候感到生气的地方,如今看还是生气。

## 成功之路

音乐剧《汉密尔顿》的故事要从 2008 年讲起，2008 年，林－曼努尔·米兰达在书店偶然看到一本 600 多页的汉密尔顿传记，一时兴起买下。那时他刚刚结束上一出获得"托尼奖"的戏《身在高地》的工作，开始构思下一出戏。

去新墨西哥度假的时候，他带上了这本书。看了前面的部分后，他发现汉密尔顿的人生很适合用嘻哈来唱。于是他找到这本传记的作者、著名的历史学家罗恩·切尔诺（Ron Chernow），邀请他当这部音乐剧的历史顾问。在林－曼努尔唱他写的第一首歌之前，历史学家满腹狐疑，毕竟用嘻哈唱一位国父的生平确实让人难以想象——大家的思维定式是应该用严肃的方式来演绎国父的一生。然而，林－曼努尔打着响指唱完这支歌后，罗恩·切尔诺被说服了。

2009 年 5 月 12 日，二十九岁的林－曼努尔在白宫表演《汉密尔顿》的第一首歌。他说他正在写一张关于建国之父汉密尔顿的嘻哈专辑，认为只有嘻哈才最适合描述汉密尔顿短暂的一生。台下，包括奥巴马夫妇在内的满场观众都给逗笑了。林－曼努尔说：你们笑吧，我真觉得如此。

表演结束，刚刚宣誓就任总统不到两个月的奥巴马和全场观众全部站起来为他鼓掌。

白宫演出七年之后，《汉密尔顿》从一首歌变成了有 46 首歌、时长近两个半小时的嘻哈音乐剧。这出戏在百老汇场场爆满，一票难求，奥巴马全家都成了它的忠实粉丝。制作团队和投资者每个月创收六十万美元。

2016 年 3 月，林 - 曼努尔带着主创再次来到白宫，为奥巴马夫妇和一众学生观众表演。仍然是在七年前的那个房间，墙上挂着华盛顿夫妇的肖像。

2016 年 6 月，这部讲述历史的嘻哈音乐剧获得了"托尼奖"十五个奖项，成为一个文化符号。当美国财政部部长宣布将汉密尔顿的头像从 10 元美钞上换下的时候，批评之声四起，最终，他的形象被成功保留。

《汉密尔顿》也成了人们的谈资和炫耀资本。看过 2016 年 6 月换演员之前版本的人会炫耀自己看过原版。在 HBO 剧集《大小谎言》里，劳拉·邓恩扮演的硅谷女高管向女儿的幼儿园里的其他母亲炫耀说：他们打电话来，又要给我《汉密尔顿》的票，但其实我已经看过四次了。

又过了四年，2020 年 7 月 3 日，美国独立日前一天，《汉密尔顿》电影版在迪士尼流媒体平台公映，成为疫情阴霾下美国的文化大事件。此时奥巴马已不是美国总统。电影版公映的前三天，"Disney+"的应用程序在全球范围内被下载了 513 323 次，其中 266 084 次发生在美国国内。

## 革命性的选择

　　《汉密尔顿》之所以如此成功，在于它用有利于传播的方式呈现历史故事，又以契合美国精神的角度和方式重构了历史。

　　在美国的几位国父中，汉密尔顿是异数。他是母亲和情人的私生子，生在加勒比海小岛上，之后被苏格兰生父抛弃。10 岁时，母亲去世，财产被母亲的合法丈夫收走，只剩下 34 本书留给汉密尔顿兄弟。后来他们被表亲收养，但没过多久，表亲自杀，最后他被赏识他才华的有钱人养大。小岛上的生活已经容不下这个天资聪颖又极其上进的孤儿，他来到纽约，凭借自己的努力进入国王学院（今天的哥伦比亚大学），毕业后当了律师。

　　汉密尔顿是最早发起制宪会议的人，他要求独立战争之后深陷乱局的邦联各州派代表聚首费城。代表们在近四个月的争论和博弈后，制定了美国宪法。当时汉密尔顿年仅 32 岁。制宪会议后，他同詹姆斯·麦迪逊、约翰·杰伊共同发表《联邦党人文集》，其中 51 篇由他写成。但由于他最初的文章大多是在和反对者辩论，完整论述型的文字不多，在许多学过美国历史的人眼里，《联邦党人文集》最著名的作者是詹姆斯·麦迪逊。

　　与那些过去在历史书写中被神化的国父形象相比，音乐剧《汉密尔顿》塑造的主角明显不同。在剧中，汉密尔顿从一开始就是一个不

"完美"的人。他是移民，是普通人，是来自底层靠自己奋斗而成功的人——这正是美国社会一直偏爱的故事。同时，该剧在开始讲述缔造了美国的独立战争之前，首先讲了一个移民的奋斗史，开篇即唱"移民能成事"，本剧启用黑人和拉丁裔演员演绎国父角色，更符合美国人对自己作为移民国家公民的身份认同。

剧中提到汉密尔顿私生活中的丑闻在当时就被人诟病，这与另一位建国之父托马斯·杰斐逊形成鲜明对比。杰斐逊与黑人女奴撒莉·海明斯育有后代，但在他留下的所有文字、通信中只字未提。美国社会甚至学术界对杰斐逊和海明斯的关系争论了百余年，很多人拒绝相信杰弗逊会和女奴有染，直到上世纪末，DNA 手段证明了这段关系的存在。也因此在今年的"黑人的命也是命"（Black Lives Matter）运动中，杰斐逊成了众矢之的。汉密尔顿不同，他是"纽约解放奴隶协会"（New York Manumission Society）创始成员。剧中，他唱歌讥讽杰斐逊，"你的债务已经还清／因为你不用为劳动力买单／我们知道谁在种地"。

该剧在呈现方式上以嘻哈为主，融入英式流行乐、爵士等元素，为该剧的广泛传播奠定了基础。相比传统音乐剧和歌剧，这更容易为年轻人接受和传播。

启用一众少数族裔饰演白人国父，用流行的音乐形式讲述常常被神化的建国历史，本身就是开创性的选择。电影版上映后，主创之一小莱斯利·奥多姆（Leslie Odom Jr.，饰演 Aaron Burr［亚伦·伯尔］）

11

在对谈中坦言，排练中他最感动的时刻是四个少数族裔的演员排练第五首歌《今夜的故事》（"The Story of Tonight"），他们扮演国父，唱他们的故事，那一刻他感到这就是革命。

## 比戏剧更复杂的真实

《汉密尔顿》的创作开始于 2008 年美国大选前，2015 年公演，被看作充满希望（或者希望的泡沫）的奥巴马时代的产物。汉密尔顿有一个非美国籍的父亲，奥巴马也有一个非美国籍的父亲，林－曼努尔·米兰达也是第二代波多黎各裔的移民。

而电影版上映之时，一切都变了。现在的美国，"新冠"病例激增，社会运动情绪高涨，观众看《汉密尔顿》时不仅会欣喜、感动，还多出了一些愤世嫉俗的反思。

有年轻观众辗转找到小莱斯利·奥多姆，问他作为黑人去演一群白人的故事有什么意义。这番质问的历史背景是，当年参加制宪会议的 55 个代表中有 25 个奴隶主，他们都在奴隶问题上做了妥协，而这样的妥协与美国种族问题的现状有直接关系。

主创的回应平静积极。他告诉提问者，革命是混乱的，人是复杂的，这些国父在那个年代都还非常年轻，没有人可以完美。

汉密尔顿作为一位颇具争议的国父，远比剧中所表现的更加复杂。

剧里，他被描绘成从一无所有到奋斗成功的建国之父，代表着白手起家的企业家精神，代表平民的声音，但实际上他非常不相信普通民众，一直都是精英主义的拥趸。他认为英国拥有最佳的政治体制模型，提出议员的任期应为终身制。在剧中，汉密尔顿是打拼移民的代表，但历史上，他却是 1798 年通过的更严的限制移民法案《客籍法和镇压叛乱法案》( *Alien and Sedition Act of 1798* ) 的支持者。

所以只能说，该剧的主创在创作历史音乐剧的时候将历史进行了一定程度的重构，让汉密尔顿这个人物更讨喜，也更富有戏剧性。

## 女性，"在故事中重新写上名字"

这部戏能够成功的另一个重要原因，是女性角色在叙事中占有很重的戏份，构成观众共情的重要元素。

全剧通过对汉密尔顿的妻子及妻子的姐妹的描绘，呈现了建国之父背后的女人群像。《满足》("Satisfied") 是许多人最喜欢的剧中歌曲，观众为汉密尔顿与妻姐安吉莉卡 ( Angelica ) 无法实现的感情感到遗憾，它唱出了两个不满足之人的无奈妥协。但事实上，汉密尔顿认识安吉莉卡的时候，她就已经和英国丈夫私奔结婚了，而不是剧中所写，放弃了汉密尔顿，不得不嫁给有钱的英国丈夫。她和汉密尔顿的所谓感情，也只是从为数不多的信件的只言片语中推断而来。

13

安吉莉卡和她的姐妹们是殖民地时期和美国建国早期女性中的凤毛麟角。她们从小出生在上层家庭，接受几乎无异于男性的优越教育，腹有诗书，成为建国之父的知己或太太，和他们通信争论时局，讨论所有话题（安吉莉卡除了与汉密尔顿保持通信，也和杰弗逊通信），在他们出征打仗的时候管理家产。安吉莉卡在剧中唱道，等她见到杰斐逊，要叫他把女人写进《独立宣言》的续篇。这让人联想到约翰·亚当斯的太太曾给丈夫写信，请他在为新共和国的公民谋权利时不要忘记女性。

但如前所述，革命不是一蹴而就的、完美的，美国独立战争并没有带给黑人自由，也没有给女性选举权。白人女性在建国之初迎来了学者们所说的"共和国母亲"（Republican Motherhood）时期，短暂地获得了教育机会和社会地位的提升，因为她们突然有了新的身份和任务——获得更好的教育，孕育更好的新共和国公民。

从当代女性视角来看，妻子伊莱莎（Eliza）在汉密尔顿在世时对他的辅佐、支持和包容，在他死后对他的作品和其他精神遗产的保留，以及为和丈夫一样是孤儿的孩子建立孤儿院的努力令人感动，也让人惋惜，她把自己的一生都跟丈夫捆绑在一起。在他死后的五十年间，她的使命就是维护丈夫的精神遗产。当时看到这里，我莫名生气，觉得如此付出型的婚姻太令人难过了，要有多大的爱和崇拜才能如此对待一个人。

但相比同时代美国普通女性，她所经历的人生已属幸运和不凡。大部分女性没有机会接受教育，书写和阅读实为多余，持家和生育才是必须。另一位建国之父本杰明·富兰克林的小妹妹简就是一个例子，她嫁给了酒鬼丈夫，生了十二个孩子，一生穷困。她一直和哥哥通信，用的是不乏语法错误的简单英文。哥哥创建了美国最早的图书馆，但图书馆不对女性开放。

音乐剧两个半小时的时间，无法将美国早期建国史讲得面面俱到。这部剧更大的意义在于激发观众对历史的好奇和兴趣，让他们自己去探究戏剧背后的真实。它告诉人们，历史是迷人的，昨天发生的事依然影响着今天的世界。

电影版《汉密尔顿》让全世界观众都有机会欣赏这出伟大的音乐剧，但也提醒着我们，剧院的魅力不可取代。在剧场看《汉密尔顿》的体验是立体的——抢票，排队入场，和一千三百人一起坐在剧院里鼓掌、尖叫、大笑、哭泣，听邻座小声讨论，结束时全场起立、鼓掌、流泪。这是电影版无法给予的全套体验。

但在疫情影响下，我们暂别了剧院。百老汇要到明年初才开放，许多戏剧工作者受到影响，甚至有《汉密尔顿》的工作人员最近接了卡车司机的活儿。

戏剧作为一种艺术形式不会因为疫情而消亡，只要有杰出的作品，便经得起一切不确定因素的考验。就像《汉密尔顿》最后一首歌所唱，"谁生／谁死／谁来讲述你的故事"，戏剧是人类记录自身历史和情感的必要表现形式。舞台上的戏必须演下去。

15

# "最幸运的家长"——
# 杰斐逊和想象的国度

Most Blessed of the Patriarch:
Thomas Jefferson and the Empire of the Imagination

    自 20 世纪 80 年代后期开始，在美国，无论是学院派的专业历史研究，还是历史传记作家们的记叙，关于建国之父的著述都发生了明显的转向，从流行多年的歌功颂德的造神式描写，转变为对一个个充满矛盾的饱满人物形象的探究，这种探究甚至是带着偏见的。新的研究告诉人们，建国之父们在这片"应许之地"上领导了独立战争并获得胜利，他们的丰功伟业、传奇政绩为美利坚的发展奠定了坚实的基础，但是他们并非像圣人一样完美。他们曾并肩作战、生死与共，但也会为了政见和名誉互不往来，他们争吵，他们记仇，甚至决斗；他们也有性丑闻，甚至有人和女奴留下后代。

    国父之中，要数互为政敌的汉密尔顿和杰斐逊的人生对比最为鲜

17

明。印在 10 美元上的汉密尔顿是来自加勒比海岛国的孤儿，靠孤身奋斗成为国父，他是《联邦党人文集》的幕后主笔，推动了金融和工商业改革。而他的死对头杰斐逊，终生依恋继承自父辈的庄园，坚信共和式的家庭结构和文化是美国社会的基石，他理想的美国就如同他的弗吉尼亚庄园，一派田园牧歌的景象。汉密尔顿性急，最后死于决斗，而崇尚启蒙主义的杰斐逊从来都认为决斗是野蛮人的行为。他们俩唯一同病相怜的地方可能就是性丑闻了，一个出轨卷入政治性丑闻，一个和黑奴留下后代。

汉密尔顿的一生用艺术形式呈现出来，获得普遍叫好的便是近两年一票难求的嘻哈歌舞剧《汉密尔顿》，而杰弗逊的丰富一生，就如一部《唐顿庄园》般的长篇剧集，让人悬心期待。《汉密尔顿》的风靡催生出历史学家对国父的一系列研究和著述，探讨杰斐逊作为父辈和爱国者的著作《"最幸运的家长"——杰斐逊和想象的国度》("*Most Blessed of the Patriarchs": Thomas Jefferson and the Empire of the Imagination*)，更是详细讲述了美国第二任总统的人生冷暖和矛盾，以及家庭在他生命中的位置。通过著名历史学家安内特·戈登-里德与彼特·S.奥诺夫对前人研究的提炼和对杰斐逊书信资料的整理，杰斐逊的形象和内涵变得更加真实、饱满。

该著作分为三个部分，共九个章节，依照并不严格的时间顺序，以家庭之于杰斐逊的意义为中心，探讨了他人生中的各个阶段和不同主题，将他描绘成一个始终精力饱满又矛盾重重的人。他既是伟大的爱国者，也是热爱家庭的一家之主。

这本书从杰斐逊垂垂老矣的临终岁月讲起，揭开了他追求完美、自洽、启蒙、友爱又充满矛盾的人生。杰斐逊从总统职位上退下来之后，就回到了位于弗吉利亚的蒙蒂塞洛庄园度过余生。他不再旅行，也不再出访，直到去世。

其间，他的孙女艾伦远嫁波士顿。从弗吉尼亚坐马车一路北上，艾伦目睹了工商业经济发展给北方城镇建设带来的变化：商业发达，道路交错，城市规划已初具规模。这对从小生长在蛮荒的弗吉尼亚奴隶庄园的年轻女子来说，冲击力十分强烈。在她熟悉的家乡，除了杰斐逊的庄园建筑，四周都是未经打理的茂密树林，道路颠簸。而这种对比其实就体现了杰斐逊的理想美国与美国现实走向的区别。

孙女写信跟爷爷描述她所看到的东西，甚至触及问题的根源——奴隶制，但杰斐逊已无力做出有力的评论和反驳。同样，当老朋友拉法耶特来拜访他，谈到废奴的话题时，杰斐逊也欲说还休。尽管他知道奴隶制是坏的制度，在他有生之年却从未有过消除这颗毒瘤的意愿。和那些相信启蒙主义的同僚一样，他认为奴隶制度会随着人的不断"启蒙"而自行消亡。他虽然参与过有关是否在非洲建立自由奴隶殖民地的讨论，却并没有加入过这样的组织。在他看来，奴隶制度虽然是不道德的，但他仍然不认为奴隶具备自制力和与白人一样的认知能力。杰斐逊

19

在自己的庄园也会对奴隶严厉管制，鞭刑之类的惩罚并不会少。他自认对奴隶已经足够仁慈，认为成全他们的意愿将奴隶全家买进和卖出就是一个善良主人的表现。死后对奴隶的安排最能体现杰斐逊对奴隶制的矛盾态度：他并没有在遗嘱里解放他们，而是将其作为遗产的一部分留给后代，只给了和他关系亲密、为他生下后代的海明斯一家自由。

在谈到杰斐逊对于家的眷恋时，作者认为，杰斐逊在这个庄园长大，最后也死在这里，这个庄园是他的家，是他终生不离不弃的精神堡垒。但这并不意味着他是一位热爱农业、热衷于耕种的庄园主。为了纠正流行文学里的杰斐逊的这一形象，作者通过征引旁人的回忆和记叙得出结论，杰斐逊爱的并不是农业和耕种，他爱的是建造，是修建庄园，这也使得他的庄园经营不善，常常处在岌岌可危的状态。

他将剩余的热情投注在读书和思考上，当然还有音乐。杰斐逊的父母都热爱音乐，他从小接受系统的声乐训练，家里一直乐声回荡。他身边的人说，他常常独自哼着小曲，他和早逝的妻子亦曾一起对唱。他的两个女儿都学习乐器，其中更精于乐器的那个女儿婚后还和他住在一起。

杰斐逊重视家庭，认为共和制度下的家庭和睦与家族的世代沿袭是确保共和国稳定的基石。对于家庭的重视无疑影响了他从政的原则和理念。他既害怕英国的世袭君主制出现在自由共和的美国，也害怕崇尚英国工商和金融制度的汉密尔顿一派将美国带离他心目中的理想轨道。在和政敌汉密尔顿一派进行辩论的时候，他甚至含沙射影地攻击汉密尔顿，暗示像他那样没有家庭根基的机会主义者是不可信的领导人。他甚至希望他和朋友们可以住在一起，相邻守望，组成想象中的家庭共同体。这一愿望虽然没能实现，却以另一种形式得到宣扬，在他离开公职之后，他的庄园逐渐成为人们频频造访、朝圣的地方，仿佛只有去过他的庄园，才算爱国者。而他也竭尽所能地安排这些人的住宿，最多的时候一天接待五十位不期而至的客人。

杰斐逊虽然重视革命友谊，却从未为自己在争论中当面攻击约翰·亚当斯的行为道歉，他坚持认为男人在政治上的争论不会影响私下关系和家庭间的气氛，也渴望在大家都卸下公职后可以重修旧好。然而，亚当斯的太太并不这么认为，她在和杰斐逊的信中尖刻地指出了杰斐逊的错误，并拒绝原谅他。

值得一提的是，杰斐逊对家庭的看法也影响了他的性别观，他认为女性的位置在家庭，不应该被家庭之外的世界的混乱所污染。当传记作家为了给他立传而请求采访他的家人时，他觉得这简直是荒谬的要求。但同时，他又和那个时代的优秀女性们密切通信，探讨人生和政治，其中还有汉密尔顿妻子的姐姐，著名的安吉莉卡。

就像这本书最后所言，杰斐逊最大的问题便是"他无法承认他犯过任何错"。这就是杰斐逊建树颇丰又矛盾重重的人生的症结所在。他带着他对家和共和国制度下家族关系的信念从政，期待自己的理想可以在生活和政治实践中得到实现，他无法直接面对自己的体系所无法解释的

21

问题，比如政见的分歧争论，比如他"完美"杰出人生中最大的矛盾——奴隶制，但他却有一套理论来帮助自己化解矛盾所带来的困扰。精明"自洽"如他，从未留下任何关于自己与身份特殊的女奴海明斯的关系的任何描述，留给后世无数想象和解读的空间。

通过详尽论述体现杰斐逊的人生矛盾以及矛盾的根源便是这部著作最大的贡献。国父总统也是人，他建功立业，但也有懦弱、过错和局限性。他在蒙蒂塞洛死去时是否有遗憾，只有他自己知道。

# 自由之门
## ——评埃里克·方纳《自由之门："地下铁路"的隐秘历史》

Gateway to Freedom

　　适逢二月"黑人历史月"，哥伦比亚大学历史学教授埃里克·方纳（Eric Foner）出版了新书《自由之门："地下铁路"的隐秘历史》（*Gateway to Freedom: The Hidden History of the "Underground Railroad"*），书中探讨了美国建国后至内战前的半个多世纪中，黑奴从南部蓄奴州逃往北部自由州的这条逃亡之路——"地下铁路"（Underground Railroad）的历史。

　　"地下铁路"是连接南部和中北部，帮助南方蓄奴州的黑奴逃向废奴的北方和没有奴隶制的加拿大的逃亡路线。它并非修在地下的铁路，"地下"代表反抗和逃亡路线的秘密性，而又因许多黑人选择徒步和乘火车交替的方式，这条逃亡路线便得名"地下铁路"。但它所涵盖的范围又不止于此，东南部沿海蓄奴州的逃亡奴隶很多是从港口上船，藏在船上逃到北方，这也是"地下铁路"的一部分。在"地下铁路"沿线，不乏由白人、自由黑人甚至黑奴管理的安全中转站（很多是他们自己的家或工厂、商店），负责收留路过的逃亡者。有的积极参与废奴运动的自由黑人或逃亡后获得自由的黑人还会假扮成奴隶回到南方带领人们逃走。

作为美国历史学界最杰出的学者之一，方纳在这部学术著作中通过研究新史料，探讨了被学界忽略的"地下铁路"的发展史，呈现出黑人奴隶逃亡经历的曲折和重重危险；方纳详细记述纽约和费城各废奴组织之间的合作、分歧以及人们对逃亡奴隶的帮助，亦体现出尽管社会环境十分严峻，但逃亡黑奴对自由的追求仍然获得了回应和尊重。

由于在美国历史上黑人经历了艰难的平权历程，国会将每年二月定为"黑人历史月"，这一纪念传统从1915年开始至今已逾百年。之所以定在二月，是因为两位在废奴历史上影响深远的人物都出生于二月，一位是林肯，另一位则是著名的废奴运动领导人和演说家弗里德里克·道格拉斯（Frederick Douglas）。方纳的新书便是从弗里德里克·道格拉斯身为奴隶时的逃亡经历讲起的。

24　　　　方纳力图在书中论证的观点是，逃亡黑奴长期不断地从南向北迁移，加上废奴主义者对他们的持续帮助，形成了对奴隶制"最持久和有力的打击"。奴隶们逃亡和获得自由后对逃亡经历的回忆，有力地击碎了长期以来南方奴隶主描绘的对为奴生活心满意足的"满意的奴隶"的假象。可以说，逃亡黑奴让废奴、蓄奴两派的政见分歧日益突出，对国会立法形成了愈发重要的影响，而奴隶主在北方对逃亡奴隶的追捕、美国政府在奴隶问题上的妥协在一定程度上激化了早已剑拔弩张的南北矛盾。

《自由之门》一书共八章，包括导言在内的前四章着重介绍了"地下铁路"在历史上的重要性，纽约的废奴运动和当时的社会背景，纽约及其周边废奴组织的发展和对逃亡黑奴的帮助，等等。书的后半部分则着力讨论了《逃亡奴隶法案》对黑人社群的影响，并在从未被详尽解读的新史料的基础上，还原逃亡奴隶的经历。这些章节大致依照时间顺序排布，不仅详细描述逃亡黑奴所面临的历史政治背景和社群环境的变化，还修正了常见的错误认识，比如逃亡黑奴的人数其实一直没有确切的数字，因为在废奴运动进行的过程中，废奴主义者难免通过夸大来推进运动并感召更多的人参与其中。对新史料的解读更真实生动地还原了逃亡奴隶面临的困难和威胁，体现了奴隶制的残忍、奴隶对自由的渴望以及废奴主义者的勇敢。换句话说，这部著作既有大历史的脉络，又有鲜活的人物形象和体现人性光辉与复杂性的故事。

在书的倒数第二章，方纳提到一本新发现的史料——曾任纽约废奴报纸《国家废奴标准》主编，也是纽约"地下铁路"的重要联络人盖伊（Sydney Howard Gay）的《逃奴档案》（Record of Fugitives）。盖伊是著名的国父詹姆斯·奥蒂斯（James Otis）的侄子，他父亲那一支是乘"五月花"号移民的英国先驱。盖伊因病未能完成在哈佛的法学学业，

25

之后又经商失败，因阅读废奴文学和言论成为废奴主义者，最后搬到纽约做废奴报纸的编辑。《逃奴档案》记载了他在 1855 年到 1856 年间帮助过的两百多位逃亡奴隶的经历，包括每个人逃跑前的主人的信息、逃跑的原因、逃跑的方式和路线、帮助他们的人。这本《逃奴档案》成为研究逃亡奴隶经历的最佳一手资料。

为方便逃跑，逃亡者大多单独行动，男性占大多数，但也不乏女性。黑人奴隶逃亡的一大原因是无法忍受奴隶主对他们身体的残忍虐待，另一些则是因为主人要将自己出售转赠，导致与家人分离，当然还有人是为了跟已是自由身的家人团圆。对于女性逃亡者来说，除了难忍身体虐待，不想被迫成为主人的性奴隶也是重要原因。

所有美国大学生都读过女奴哈利特·杰可布斯（Harriet Jacobs）的事迹，她不愿做主人的性奴隶而走上逃亡之路，为此甚至成为另一个对她温和一些的白人的情妇。她在奶奶家无法站直身体的阁楼里藏了整整七年才等到逃亡的时机。虽然杰可布斯并未直接获得过盖伊的帮助，但盖伊却应她的要求帮助过其他一些黑人。在盖伊的记录中，最传奇的故事要属约翰·盒子·布朗（John "Box" Brown）。因为奴隶贩卖，布朗和家人分离，他决定从弗吉尼亚逃走，于是付钱让人把自己装进边长不足三英尺[1]的货运木箱中封起来，走铁路和水路，经过长达二十四小时的

26

---

1　1英尺约等于0.3米。

煎熬，最后到达费城。当人们把他从箱子里救出来，他已精疲力尽，却从盒子里站起来，情不自禁唱起了赞美的歌。另一个逃亡奴隶曾在森林中躲藏流浪近十个月才最终逃到目的地，其中有三个月他都住在山洞里，每天面临野兽的威胁和侵扰。当人们问他独自在森林中躲藏是否害怕时，他回答："我不害怕路上这些危险，我最害怕的是人。"盖伊在他的记录里称获得自由的逃亡女奴哈利特·塔布曼（Harriet Tubman）为"队长"。因为这位传奇的女性在 1849 年成功逃亡获得自由后，至少十三次回到马里兰州，先后带领近七十名奴隶逃往北方，她曾两次将逃亡者送到盖伊的报社寻求庇护和帮助。当费城著名的废奴运动领袖威廉·斯蒂尔问她是否害怕被捕入狱的时候，她说她从不害怕，她会因为自己这么做而获得安宁。

那么奴隶抵达了已经禁止蓄奴的东北部大城市就安全了吗？事实上并非如此。看过奥斯卡获奖影片《为奴十二年》的人都记得，在北方的城市里，有许多南方奴隶主雇佣的奴隶追捕者在大街小巷抓捕逃亡奴隶带回南方。奴隶主还会为追捕逃奴设立奖金，因此陌生人举报也是潜在的危险。对于奴隶主来说，奴隶是财产。美国 1850 年通过的《逃亡奴隶法案》则是明确给予了南方奴隶主在北方追捕奴隶的权利，也要求北方的执法机关和政府帮助奴隶主追回自己的奴隶。废奴主义者和黑人社群称 1850 年的《逃亡奴隶法案》为"猎犬法案"（Blood Hound Act）。面对这样的立法上的妥协，反对蓄奴州立法胜利的愤怒的政客们在 1850 年

27

组成了反对蓄奴州的共和党。

纽约长期以来和南方保持着紧密的商贸联系，不像马萨诸塞州和宾夕法尼亚州拥有长期积累的废奴土壤，是北方除新泽西州外最后一个通过《废奴法案》的州。1799 年通过的逐步废除奴隶制的法案规定所有纽约州奴隶在 1827 年 7 月 4 日"独立日"那天获得自由，在 1799 年 7 月 4 日之后出生的奴隶要作为契约工为主人工作，男性要为主人工作到 28 岁，女性要工作到 25 岁，才可获得最终的自由。纽约的废奴主义者和逃到纽约的黑奴面临来自政府和执法机关甚至暴民的诸多威胁，一些废奴主义者的家或工作地点甚至遭到袭击。如此一来，纽约作为东北部中心和与南方有着紧密联系的州，就成为遍布奴隶追捕者的废奴运动热点。对于很多逃亡奴隶来说，纽约并非他们定居的地点，这里并不安全，他们会逃到更北方的城市，其中很多人选择去加拿大。

方纳的这部学术著作注释严谨、描述客观。从其学术生涯来看，他毕生都在研究美国人对自由和平等的追求，作为一位侧重内战前后研究的历史学家，这部著作无疑意味着他的学术发展在深度和广度上的又一次进步。

从 1988 年凭借著作《重建——美国未完成的革命，1863—1877》(*Reconstruction—America's Unfinished Revolution, 1863-1877*) 获得美国历史学界最高奖班克罗夫奖起，方纳的研究重心就放在了内战前后的政治史上，2011 年，他又以《严峻考验：亚伯拉罕·林肯与美国的奴隶制》（*The Fiery Trail: Abraham Lincoln and American Slavery*）再次获得班克罗夫奖，同时获得普利策奖。方纳一直关注除白人群体以外的族群在美国历史进程中对完整的公民权、人权和自由的追求。这也反映在他为美国本科生主编的美国历史通识课本《给我自由》（*Give Me Liberty*）中。

方纳的著作影响了许多历史学教授的研究和教学，反映了从 20 世纪八九十年代起，美国历史研究开始侧重于非主流族群以及普通人在大历史进程中的经历的学术转向。他编撰的课本尤其受左翼历史学教授喜欢，常作为本科生教材。

这位优秀的历史学家也是好作家，能讲出好的故事。《自由之门》在清晰明了地讨论一般读者会觉得晦涩的政治立法问题的同时，融入历史大背景下的事件和人的故事，在娓娓道来中呈现这些立法对社群和个体的影响。作者一方面重点关注逃奴问题，一方面又对废奴运动领导人和一些态度模糊但仍提供费用帮助逃奴逃走的人进行描写，可能因为资料欠缺，后一部分描写所占篇幅不大，但有心的读者也能从中获得很多。可以说，对历史爱好者和希望了解"地下铁路"不为人知的历史的人来说，这会是一部值得一看的作品。

# 伟大的主妇们
## ——殖民地时期和建国初期的白人女性

The Great Wives — White Women in Early American History

　　离 2016 年大选还有一年多时间，希拉里将再次参选的传闻早已传开。6 月 1 日，向来讨厌排队的我站了六个小时，就为了买一本希拉里现场签名的第二本自传《艰难的选择》（*Hard Choices*）。排队的时候一个妈妈带着两个刚上小学的女儿路过，其中年龄稍大一些的女儿问为什么排队，妈妈回答说是为了买希拉里签售的书。女儿问她是作家吗？妈妈回答，她是下一任总统。我买到签名的书出来，门口一个男生发给我一叠贴纸，上面写着 "I'm ready for Hillary"（我已经准备好希拉里参选了）。看来她真的有可能参选。

　　得到希拉里签名这天，快递送来我最喜欢的一本讲从独立战争到建国后期女性参政议政状态的书：《革命的倒退——早期共和国时期的女性与政治》(*Revolutionary Backlash — Women and Politics in the Early American Republic*)。该书探讨了独立战争时期美国白人男性主导的社会主流对精英女性参政议政的态度，以及建国政权稳定后有所倒退的历史。建国后，男性社会精英更希望女性回归家庭，希望她们顺从地在家里相夫教子，甚至对女性参政议政持极端反感的态度。殖民地时期和建国初期的精英女性都难逃婚后成为丈夫法律上的附属而没有完整公民权的命运，只能通过辅佐丈夫和男性亲属来实现其权利。那时没有人能想到，两百多年后的今天，一个曾是第一夫人的女人出了第二本传记，讲述她任国务卿时的各种外交斡旋，而她也很有可能第二次参选总统。

殖民地时期，女性参政议政的权利和程度受到限制不仅是因为她们是女性，婚姻状态也是决定这一时期女性权利和地位的关键因素，对于黑人女性和印第安女性来说，也是如此。长期以来，大西洋两岸作为社会主流的精英男性认为，女性并不具备从事男人所做的职业和参政议政的能力，认为女性受生理条件的限制，相对孱弱，不适合外出做工或去学校念书。加上多少受到宗教的影响，人们认为女性的意志较薄弱，无法进行严肃思考，且经不起考验和诱惑。沿袭英国习惯法传统，婚姻是决定女性身份权利和地位的首要因素。世俗和社会对女性的期许就是她们有一天一定会结婚，主流社会对于女性的最佳角色设定就是妻子和母亲。讽刺的是，婚后主妇的权利甚至不及单身女性。尽管单身女性不一定拥有继承权，但她们可以在法律上独立代表自己，而丧偶后不再婚的寡妇可以拥有财产管理权，甚至独立经营生意。但女人一旦结婚，在"嫁作人妇"（coverture）的习惯法传统下，她们便成了丈夫的附属——没有独立的财产权和完整的公民权，不能在法庭上独立地代表自己而需要由丈夫代理。在允许离婚和分居的殖民地，遇到离婚纠纷时，她们必须由朋友或代表陪伴才能出现在法庭上（这一习惯法传统一直延续到内战前）。如果丈夫去世，寡妇们会得到她们嫁妆的三分之一作为遗产，并拥有自己儿女遗产的监管权，直至他们成年。但一般情况下，年轻的寡妇都会再嫁，因为世俗和殖民地的社会并不适合单身女性独自生活。

就女性群体内部而言，白人社会里对女性的要求同样影响着其他族裔女性。社会的主流和主导观念都希望白人女性是贞洁的，是家庭的庇护者，是主理家庭内务的尽职的大管家，是给丈夫提供避风港的妻子，是孩子的好妈妈。女性的权利永远和她们对丈夫、家庭、子女的义务紧密相关。与这种圣洁形象形成对比的是丰满野性的黑奴和印第安女人，她们往往被视为道德低下的和不洁的。

一直到 20 世纪 60 年代，研究美国历史的学者都将研究的重点放在建国之父们的丰功伟业上，很少有人关注殖民地和建国初期女性的生活状况以及她们在同一历史时期的经历。在此之前只有屈指可数的女性历史学家写过有关女性史的书。这种欠缺一方面是因为大部分殖民地女性受教育水平明显低于男性，留下的史料较少，还原她们的生活状态相

33

对困难；另一方面是由于对殖民地和早期共和国的历史研究主要着眼于政治建制、经济发展、奴隶制度和国父传奇上，女性的历史作用和经历则被忽略了。这一状态一直延续到 20 世纪 60 年代第二次女权运动的兴起。

20 世纪 80 年代开始崭露头角的主攻女性史的新生代历史学家更多地把注意力投向普通白人女性在殖民地和早期共和国时期的经历，从新英格兰殖民地开始，历史学家们研究的地域范围由北向南再向西扩展。在普通白人女性中，最先受到关注的是已婚女性。从关于这个群体的研究扩展开去，才逐渐有了白人单身女性、妓女或女性罪犯的历史，最后延展到印第安女性和非裔女性的历史。

同时，一些著名的历史学家对精英女性一直保持着研究兴趣，比如以玛丽·贝思·诺顿（Mary Beth Norton）和琳达·凯伯（Linda Kerber）为首的学者尤其偏爱研究殖民地时期和建国初期女性的政治权利变化和参政议政程度，近年来有相关著作出版。约翰·亚当斯的妻子阿比盖尔的传记，本杰明·富兰克林的妹妹的传记，都呈现了和建国之父有关的女性的经历，将她们的生活细节还原到大历史的背景中，讲述她们对历史的主动的反应和影响。

34

这些对殖民地和建国早期精英女性的研究深入探讨了她们对政治的看法和影响，反映了男权社会对她们的期许在早期美国历史中的演变，以及她们对自身性别和身份的讨论和认识的进步。历史学家们通过研究若干白人精英女性的个案，更突出了她们在女性公民权受限的时代争取自身价值和女性群体权利的思想萌芽。比较激进的历史学家甚至提出了著名的"共和国母亲"一说，在独立战争和建国之初，社会对女性的受教育程度比较重视，且对精英女性受参与政治有着较大的宽容度甚至有意鼓励。但当时美国社会对女性的期待还是归结为希望女性能够胜任为共和国抚育下一代的重任，因此，看似"进步"的对待女性的态度最终目的都是要让女性成为合格的"共和国母亲"，抚养合格的共和国公民，而不是女性自身的权利。更为讽刺的是，当新政权得到巩固，进入内战前的稳定期后，维多利亚时代的性别观占了上风，开始要求女人回归家庭和私人空间，并希望她们远离公共和政治事务。即使是精英白人女性，在这个阶段也不得不收敛起锋芒。一直到 1848 年，才有新一批的精英白人女性总结之前参与废奴运动和慈善活动的经验和理论，开始争取女性权利。

在研究殖民地和共和国早期精英女性的著作中，1980 年之前的都将她们描述为历史进程的被动承受者，称革命对她们的生活并没有什么实质性的影响。会有这样的看法，主要是因为美国独立前后习惯法中"嫁作人妇"的传统没有改变。

1980 年历史学家玛丽·贝思·诺顿和琳达·凯伯几乎同时出版了相关主题的论著，颠覆了一直以来流传的普遍认识。这两部同时出版的专著在研究殖民地女性的社会地位上起到了互补的作用，从整个北美女

35

性史的角度看，可谓开启了早期女性史研究的新时代。尽管研究方法和选取史料均有不同，但她们的著作都认同一点：独立战争对女性的影响深远，从一定程度上起到了提高女性自我意识的作用。

在《共和国的女人们：革命时期的知识和理念》（*Women of The Republic: Intellect and Ideology of Revolutionary America*）一书中，凯伯主要探讨政治理论和独立战争对女性的法律教育和参政议政权的影响。作为内战的独立战争让殖民地所有居民都面临社群的分裂，尤其是日常生活中抵制英国产品的运动，让女性也不能置身事外，要么成为要求独立的爱国者，要么变成效忠母国的效忠派。在与丈夫政见不同的时候，女性可以选择与丈夫决裂。独立战争带来了婚姻法和离婚法上的改革，很多之前没有离婚法的州开始设立离婚法。但有别于其他历史学家把离婚法改革看成社会进步和女性解放的观点，凯伯用当时的法律和社会观念来分析，认为这种改变不过是为了减小社会不稳定的因素，让有问题的家庭尽快解散并重新整合。凯伯的著作表明独立战争对女性权利和各方面的影响并不是一味正向的，而是常有反复。尤其在女性参政议政问题上，主流男权社会仍认为这是危险且扰乱社会秩序的，对此充满敌意。唯一被接受的女性参政议政的形式就是作为忠于国家和家庭的母亲，致力于培养共和国新公民，即凯伯提出的"共和国母亲"的概念。

诺顿则在《自由的女儿们：美国女性的革命经历，1759—1800》（*Liberty's Daughters: The Revolutionary Experience of American*

Women, 1750-1800）中研究将近四百名北美殖民地女性在 1750 年到 1800 年这半个世纪的经历，呈现出独立战争对殖民地女性个体经历的影响。与凯伯比较客观的基于法律庭审史料的研究方法不同，诺顿持历史进步的线性史观。她认为，1776 年之前，独立战争带来了女性参政议政活动的黄金时代，但她的例证并不十分有力。

　　除此之外，同一时期还有历史学家罗斯玛丽·扎加里的著作《革命的倒退——早期共和国时期的女性和政治》，她把讨论的重点放到了建国初期到安德鲁·杰克逊时代，探讨独立战争之后社会对女性参政议政的接受度的退化。她的研究区间与前面两位历史学家的研究正好衔接。她承袭了凯伯的观点，认为虽然这一时期美国社会民主进程在白人男性选举权和参政议政权方面得到了扩展和进步，但社会对女性参政议政的接受度却呈倒退趋势。直至 1830 年，主流社会都认为女性参政议政偏离了女性本该属于家庭空间的传统。导致这种倒退的原因之一是政权巩固后对女性参政议政的需求不像独立战争时那么强烈，政权稳固后就不再需要争取更多的支持；二是大西洋两岸科学的发展，尤其是解剖学的发展，进一步揭示了男女生理的不同，使得人们更相信生理不同导致女性天生在智识上劣于男性，不适合进行政治思考；最后，由于一部分精英女性曾很积极地参加建国后联邦党人和共和党人的党争，导致了社区甚至家庭的分裂，因而主流社会认为女性过度参政议政影响社群和家庭稳定。

37

近几年关于独立战争前后精英女性的历史性研究传记中，最出色的莫过于历史教授伍迪·霍尔顿（Woody Holton）在2009年出版的阿比盖尔·亚当斯的传记，其次是阿比盖尔的儿媳、美国第六任总统约翰·昆西·亚当斯的夫人路易莎·亚当斯的传记。2012年，历史学家、《纽约客》杂志专栏作家吉尔·勒波尔写的本杰明·富兰克林的妹妹简·富兰克林（Jane Franklin）的传记也对研究那个时代的女性有很大参考价值，虽然她不是精英女性，但兄妹生活经历的对比却为了解殖民地时期性别观提供了新的视角。

曾在独立战争期间写信给丈夫让他要记住女性的阿比盖尔是美国人最熟悉的独立战争时期的先驱女性，同时也是历史学家们研究最透彻的美国女性之一。美国大学本科历史课中都会学习和讨论阿比盖尔写给丈夫和儿子的信，将她视作那个时代杰出女性的代表。但讽刺的是，杰出女性的代表也仅仅是国父的太太，她的很多想法只在与亲朋的书信中得以表达。伍迪·霍尔顿通过研究她的书信和家庭记录、家人的日记等还原了这位第一夫人丰富有力的形象，在不忘时代的限制和女性自身局限的同时，审慎地展现了美国革命和建国时期精英女性的前瞻性以及她们面对的挑战和矛盾。

阿比盖尔出生在一个相对殷实的神父之家，父母管教甚严，比一般家庭重视女孩的教育。虽然母亲以阿比盖尔年少体弱多病的理由拒绝送她去女校念书，但是阿比盖尔在与家中读书的兄弟和外甥的交往与通信中获得了知识上的进步，养成了思辨的习惯。

　　不同于大部分殖民地女性因为嫁作人妇而丧失了独立为人的财产权和法律权利，对于阿比盖尔来说，婚姻意味着自由。婚后的阿比盖尔很少在信件中书写家务，相反，关于政治和战事的看法是她和丈夫通信的主要内容。除了关心政治，提高女性受教育程度是阿比盖尔在给姐妹和丈夫的书信中反复强调的问题，尤其是在独立战争前后，阿比盖尔提出女性受教育水平的提高与家庭和睦、子女教育有很大关系。此外，不同于同时代大多数女性，阿比盖尔对家庭财产经营表现得极为热衷和精通。在动荡的独立战争年代，丈夫不是在前线就是出访欧洲，家中土地房产都由阿比盖尔打理，她甚至在战争的敏感时期疏通关系做起了卖钉子的生意，不仅维持了家庭财政的盈利，还给自己留下私房钱，并支援经济状况不好的亲人。

　　不仅如此，阿比盖尔还有超越时代的种族观。她曾在陪亚当斯出访英国时看了喜剧《奥赛罗》，当看到白人抹黑变成的奥赛罗亲吻女主角时，她感到十分震惊和恶心。多年以后，她不仅送一个黑奴去教堂开设的技工班学习技术，还在独立战争后，给了奴隶自由。

　　尽管阿比盖尔在很多方面都表现出优于同时代大多数白人女性的智识，但在一些方面，仍然受制于那个时代。当儿媳在信件中流露出对婚姻的抱怨和被丈夫忽略的不满时，她毫不留情地教训了这个日后帮助昆西·亚当斯成为总统的儿媳。她认为女人分两种：一是虽然体弱但内

39

心坚强的，操持家务、抚养儿女却鲜少怨言，她赞美这一种，霍尔顿也将她归为此类；另一类则是身体过于孱弱又喜欢抱怨的，她最初对自己多病的英国儿媳妇就是这样的看法，用了许多年才有所改观。

最近出版的《路易莎·凯瑟琳：另一个亚当斯夫人》(*Louisa Catherine: the Other Mrs Adams*) 记叙了约翰·昆西·亚当斯的妻子路易莎·凯瑟琳的一生。出身旅英美国商人家庭的路易莎·凯瑟琳在英国长大，受到极好的英式教育。与两个主攻乐器和唱歌、爱读言情小说的姐妹相比，路易莎更喜欢深奥严肃的书籍，对自己的未来怀有更大的野心。当然这种野心也局限在婚姻上。因为父亲的地位和社会关系，她结识了访问欧洲的约翰·昆西·亚当斯，在母亲的推动下，嫁入这个位于马萨诸塞州的政治豪门。昆西·亚当斯冷峻和自我怀疑的性格，使得路易莎一辈子都没有得到如自己父母那样充满爱意的婚姻。但这并不妨碍她通过丈夫来实现自己的野心——帮助丈夫当选总统。

路易莎·凯瑟琳特殊的人生经历代表了她以及她婆婆这一代美国精英女性所能做到的极致。但她们在有生之年并没有看到女性获得选举权，她们的自我永远都是为家国牺牲，把丈夫和家族荣耀放在第一位。即便如此，她们也只是众多北美白人女性中的凤毛麟角。历史学家吉尔·勒波尔 2004 年出版的《时代之书：简·富兰克林的生活和意见》(*Book of Ages: The Life and Opinions of Jane Franklin*) 更巧妙和深刻地探讨了性别决定殖民地时期和早期共和国时期女性的命运这一现象。被称为"第一个美国人"的国父富兰克林和他最喜欢的小妹妹简·富兰克林·梅康姆始终保持通信，妹妹保存了哥哥的所有书信，而她写给哥哥的却留存不多。妹妹没有哥哥幸运，虽然生在同一个屋檐下，却没有获得读书的机会。15岁的时候嫁给了一个酒鬼，生了十二个小孩，其中只有一个活得比她长。她用有限的词汇和语法错误颇多的语句与哥哥通信。哥哥建立的图书馆不让女人进入。性别不同带来了富兰克林兄妹迥异的命运，学富五车的国父也不认为女性需要学习来完善自我。

吉尔·勒波尔的这本传记巧妙地将殖民地精英女性和普通女性的经历联系起来，无论精英女性出身多么优渥，受到多好的教育，但因为性别，充其量也只能靠成为国父的太太来实现自己的理想；无论自己的兄长在政治上多么有成绩，多么受人尊敬，但因为性别，简·富兰克林注定贫苦一生，连她写给兄长的信件也未能受到重视和保存。有关这些女性的研究告诉后世，在那样的限制下，她们已经十分杰出，同时也提醒后人，她们不得不承受的性别歧视限制了她们的成就和自我完善。

41

# 不容忽视的单身女性

The Great Single Ladies

1776 年约翰·亚当斯的太太阿比盖尔在给他的信中写道："要记住女性。"她恳请丈夫和同僚们在国家建制中不要忘了女性。否则，"我们定会反叛，我们将拒绝被任何不保护和代表我们的法律所约束"。当然，后来的故事我们都知道，阿比盖尔那一代杰出的"共和国母亲"没有获得选举权，也没有反抗。她们成了那个时代，甚至她之后几代杰出女性的榜样——相夫教子的好太太。

二百四十年后，2016 年 3 月初那期《纽约杂志》的封面有个很吸引眼球的设计：一只手，手背对着镜头，竖起一根手指，无名指，一位女性的无名指。这只竖起的无名指上没有戒指。封面故事的题目是"单身女性现在已经是美国最有影响力的政治力量"。

43

这期封面故事摘自瑞贝卡·特莱斯特（Rebecca Traister）的新书《所有的单身女士：单身女性和独立国家的崛起》（*All the Single Ladies: Unmarried Women and the Rise of an Independent Nation*）。巧的是，这篇文章和这本新书上市的日子不仅适逢国际妇女节，还正赶上美国女权主义者阵营里支持希拉里和支持桑德斯的两派之间出现极大分歧之时。年长的女权主义者们支持希拉里，甚至奥尔布赖特和格洛丽亚·斯泰纳姆等著名的女权领袖和政治人物都来给希拉里站台，声称将女性选进白宫就是女权的胜利。然而年轻的女权主义者们支持桑德斯，她们认为能更好表达自己的理想诉求的独立选择，才是真的支持女权。

　　但瑞贝卡·特莱斯特的新书并不是在讨论女权主义内部的争论，而是讨论历史上单身女性的地位转变和国家社会政治的变革。副标题中"独立国家的崛起"说的是单身女性作为一个整体而崛起的过程，这是打破国家主流社会政治文化传统并与之博弈的过程，同时也是这个国家进步和崛起的过程。

　　乍看书名，可能会误以为这是一部谈单身女性和国家历史的历史书。读罢就不难发现，它不算严格意义上的历史研究著作。首先作者并不是历史学家，而是杂志专栏作家，书以第一人称写就，个人经历的描述和自省占一定篇幅。其次，尽管书中回顾了美国单身女性的历史，探讨了单身女性生活和城市生活、友谊、婚姻、生育、经济条件的关系，但由于采访的对象都是特别选定的，人选不多，且在论述和附录中提出不少维护女性权利的合理诉求，该书看上去更像一部内容全面且有历史叙事和历史观指导的女权著作。

作为谈单身女性的著作，不可避免要将单身状态与婚姻状态做比较。尽管作者强调，她并不是要论证单身比非单身更好，但被保守主义者们赞赏的正统的婚姻模式，以及人们必须结婚生育才算人生完整进而与国家繁荣相联系的看法，在她看来其实是对女性自我的禁锢。而她认为美国历史和自己近几十年的经历证明，单身女性更容易创造历史，因为她们免于被传统婚姻这一"消耗精力，磨损自我"的制度所限制，有更多的可能自觉参与到改良社会的进程中。

于是在书的开头两章，作者首先呈现了一幅当代社会对单身女性的看法的图景：单身女性数量的逐年升高[1]已让人警惕，保守的共和党政客们担心女性推迟婚期甚至晚婚会影响国家经济发展，而国家加强针对女性的立法和保护，则加剧了单身女性数量增多的趋势，使国家财政和立法都受到挑战。在他们眼里，单身女性是危险的，她们不成熟，她们积极参与公共事业，她们中贫困的要靠国家养活。

紧接着，第二章梳理美国单身女性的历史。作者通过对一系列历史学和社会学著作以及史实逸事的总结，证明在美国历史的各个时期，单身女性都在积极主动地影响政治和社会走向。诸多杰出的女权运动和

45

---

1  2009年，美国未婚单身女性的人数第一次超过了已婚女性，而在34岁以下的成年女性中，未婚人数占46%，这一数字在过去12年中上升了12个百分点。

社会改良领导人都是终身单身，而她们中的已婚者大多有着和当时正统婚姻不同的婚姻状态。

从美国历史的进程来看，每当国家经历战争动荡，女性的社会地位都会因为战中与战后男性的稀缺而得到提升，更多单身女性获得在教育和工作上精进的机会。但是每每战争结束，国家又会鼓励女性回归家庭、早婚，为丈夫、孩子营造宁静的家庭环境，维护战后社会稳固。由此不难看出，婚姻并不只是私人感情的结合，婚姻更是人口和社会控制的手段。既然婚姻是具有公共意义的，那么单身也是具有公共意义的，也就不难解释保守的政治力量在美国历史的各个时期对单身女性进行污名化的意图。

除了用历史梳理贯穿本书的各个章节，对单身女性的历史以及社会经济政治的各个方面进行全方位的探讨，作者还结合个人经历和观感探讨女性和城市生活。女性友谊的章节虽然主观色彩过多，但读来却让人容易产生共鸣。这一部分也可看成单身女性和流行文化的互相影响。由于作者是纽约人，在谈到城市的影响时，她肯定了大城市对单身女性生活的包容。尽管她和《欲望都市》里的女主角们的纽约经历十分不同，但她也不讳言，女主角们对大城市的依赖、女性友谊的重要性，甚至通过购物和独自居住而获得独立的自我认同方式，都使她产生过共鸣。通过她的论述也能看出，单身女性并不孤单。单身女性之间的友谊见证了她们的成长。无论十几年前风靡一时的《欲望都市》，还是现在的热播剧《都巾女孩》，都呈现了纽约和单身女性的故事。

尽管作者本人在经历了很长的单身时期之后结了婚，但在这部带有女权主义色彩的著作中她写道，自己相信在当下的美国，婚姻对于很多女性来说仅仅是一个选择。如果她们能在婚姻中找到自己所需，过得和单身时候一样快乐，那么她们选择结婚。如果她们得不到自己所需，她们就不必谈婚论嫁。毕竟在这个可以选择的时代，只要想要，单身女性也可以自己生养子女。

而从社会的整体趋势来看，不论阶层种族，女性推迟婚龄已经成为一个趋势，因为推迟婚龄就意味着推迟育龄。这样，女性可以获得更多教育和职业提升的机会。著名的国会多数党党魁南希·佩洛西持家十几年后才重回政坛，当她被问如何看待越来越多的女性选择更早进入政坛而推迟婚姻时，她说，她希望政坛里有更多的年轻女性，那么到了她们成为"资深"从业者的时候，她们依然年轻。

这本书的书名《所有的单身女士》源自歌手碧昂斯著名的歌曲《单身女性（戴上戒指）》（Single Ladies [ put a ring on it ]），但歌名的后半部分"put a ring on it"仍指向婚姻。这首歌刚发行不久就成为《欲望都市》电影版的主题歌之一，而《欲望都市》的结局也是大多数女主角终于走向婚姻。但这本书的诉求并不是将婚姻变成女性人生路径的必选项，至少在当下的美国，婚姻只是一个选项。单身可以是很长很稳定的状态，是一种选择，也是趋势，日益明显有力地影响着国家的历程。

47

# 有力量的女性不需要像男人

Powerful Women Don't Need to Act Like Men

　　曾有人说玛丽·比尔德（Mary Beard）是每个年龄层想要过智识丰满的生活的女性榜样。此话并不为过。比尔德是一位古典学家，毕业和任教于剑桥大学，她学术著作颇丰，给严肃文学刊物撰稿，也给受众更广的报纸写专栏。她主持纪录片节目，讲古罗马历史，常公开演讲，参加讨论会，在公共领域家喻户晓，是英国公共知识分子的代表。与许多选择避开社交媒体的学者和作家不同，她喜欢用推特发表时评和意见，常更新的博客里也经常讨论时下盛行的话题。

　　比尔德教授留一头灰白的长发，看上去有些不修边幅，但这就是她的招牌打扮。她主持电视节目和公共演讲时也是这样。给包括《名利场》在内的多家杂志写稿的男作家 A. A. 吉尔（A. A. Gill）曾批评说她

49

这形象不适合出现在任何电视节目中。这种精英男性的廉价的、带着偏见的恶评伤害不了她，她认为这是他们在习惯性地惧怕自由发表意见的知识女性。没有人可以阻止她发声，也没有人可以击垮她，她保持智慧和幽默，且一针见血。

去年底，2017 年 11 月，比尔德出版了小册子《女性和权力：一部宣言》( Women and Power: A Manifesto )。这是她所有著述中最具公共知识分子属性的出版物，也是一本短小精悍的女权宣言。在这本书收录的两段演讲中，比尔德将自己的研究领域、个人经历、阅读兴趣、时政和文化事件等自然地结合起来，文章逻辑缜密生动，文字娓娓道来，毫无说教的乏味感。

两篇演讲主题关联且递进。第一篇演讲从古罗马、古希腊时期至今的历史和文学作品讲起，探讨女性在公共领域的话语权的缺失。自古以来的社会文化传统限制女性的公共话语权，使话语权成为男性的特权，从而规训女性。第二篇演讲稿探讨女性和权力的关系。比尔德认为权力从古至今都具有性别性，权力属于男性社会语境，从不容女性占有一席之地，女性要在社会中立身，仅仅适应男性的权力语境是不够的，还必须重新定义权力。

第一篇演讲稿以《奥德赛》开头，追溯西方历史中对女性公共话语权的规训。早在荷马时代，公共领域就已不容许女性拥有话语权，在公共领域握紧话语权是男性成长的必经之路。男孩成人的过程中包括了控制和剥夺女性的话语权，让女性闭嘴。从古典时代至今，男性低沉的嗓音都是权威性和力量的象征，是标识男性性别或男子气概的工具。与之相对的女性的尖细嗓音则是偏执、癫狂的代表，说明女性不具备象征男性力量的理性和权威性。比尔德在这则演讲中举了若干例子，证明在古典学和古代欧洲历史中，那些在公共领域发声甚至拥有权力和力量之美的著名女性实则都具备某种意义上的雌雄同体的特征。无论是雅典娜还是伊丽莎白一世，她们都需要表现或影射男性之力来获得和展示权威。最近的例子是玛格丽特·撒切尔，她为使自己的政治生涯更加平顺，曾经上过声音训练课程，专门练习更低沉、更具权威的声音。

第二篇演讲稿发表于 2017 年，更进一步探讨了女性和权力的关系。在比尔德看来，自古以来女性从未在权力语境中有过一席之地。演讲开头，她并没有用历史来说话，而是从 19 世纪末的讽刺乌托邦小说《她之国》（*Her Land*）讲起。小说中提到，在一个与世隔绝的地方有一个运转完美的母系社会国家，因为建国之母们掌握了无性繁殖女性的秘诀，这个国家没有男人。这个由女性治理的完美国家，食物充沛，民众健康，社会和谐。但这些女性对她们拥有权力这件事并不自知，更无意识保护权力。后来有男人意外到来，他们深信女性没能力治理国家，一定是藏在某处的男人在使其运转。他们急切想和这里的女人发生关系。小说的第二部，也是更加讽刺的结尾部分，这些男人和女人发生了关系，生下了男人，男人统治了这个世界，而女性对这种"正常"并无

51

异议。

从这个虚构的故事出发，比尔德指出在人们对权力和权威的刻板印象中，从来没有出现过女性，男性主宰了人们对权力的想象。社会、历史、文化传统都认为女性追逐权力是非正常的、非女性化的。权力是一种特权，这种特权"天然"属于男性。哪怕时至今日，女性在男性居多的领域追逐权力、获得成功的行为都被说成"打破天花板"，似乎这是一种非正常的行为，因为女性性别特质中从来不具备野心和权力。

比尔德强调，因为权力历来属于男人，所以如果无法从结构上改变这种认知传统，女性就必须归顺于它，比如女性领导人的裤装套装，她们接受的语言训练，等等。追求卓越和权力——尤其是政治权力——女性要面对更多来自男权社会的恶意。争取公职和政权的女性是可怕的，就像古希腊神话故事里的美杜莎，不是女人，是人们无法直视最后被砍下头颅的怪物。抛开政见不合的因素，比尔德在书中提到，曾有人将希拉里和特蕾莎·梅与被砍下头的美杜莎组成合成图，以展示追逐权力的女人的可怕，以及对她们的厌恶。

玛丽·比尔德这本短而精的小册子的价值有三。首先，她通过史实和文学作品，精炼但不空洞地探讨了权力与性别，尤其是女性与权力的关系，指出许多我们已经习以为常的社会对女性的规训，发人深省。其次，她的演讲也是其他学者和知识分子就此议题进行论述的典范，演讲的丰富内容是启发式和开放式的，会引起读者的探究之心，而好奇心正是追求智识丰满的生活的基础。最后，这本书作为对比尔德公共知识分子形象的展现，也告诉读者，女性可以选择过智识丰满的生活，对社会的规训保持敏感，即便这会让那些有偏见的男人或女人害怕和诟病，仍是值得追寻的生活方式和态度。

另外，值得一提的是，第二篇是在特朗普和特蕾莎·梅当政期间发表的演讲，理性的悲观中带着一种坚韧的思辨之力。而这本小册子的出版适逢西方社会的"MeToo"运动如火如荼，更显时代特征。但必须声明，这些演讲不是口号式的急切呼吁，而是旁征博引、内容翔实的论述，比尔德书中尽量保留了演讲稿的原貌，鼓励读者在了解现状的同时，主动探究现状背后的文化历史渊源。

# 上周末贝蒂·弗里丹出现了两次

Betty Friedan Was Mentioned Twice Last Week

周日[1]，贝蒂·弗里丹（Betty Friedan）的名字出现了两次。一次是在《纽约时报》一篇报道周五突然去世的戴夫·戈德伯格（Dave Goldberg）的文章里，他是脸书（Facebook）首席运营官雪莉·桑德伯格（Sheryl Sandberg）的丈夫，还有一次是在周日晚上最新那集《广告狂人》里。

《纽约时报》那篇文章是紧跟着周六的讣告发的。戴夫·戈德伯格对于大众来说，虽不如写了《向前一步》（Lean In）的老婆那样常出现在聚光灯下，却是终生推动女性平权和鼓励女性取得成就的硅谷成功人

---

1　2015年5月3日。

士。桑德伯格曾提过，老公的父亲在20世纪60年代先看了贝蒂·弗里丹所著的推动第二次女权主义运动的名作《女性的奥秘》(*Feminine Mystique*)，看完后还推荐给自己的老婆，并鼓励她追求事业成就。戴夫的父亲是法学教授，母亲在他十岁的时候，决定不去读法学院，成为明尼苏达州一个维护残疾儿童家庭权益的基金会的总监，现在仍在那个机构工作。戴夫在《女性的奥秘》出版后的第五年出生，在这样的家庭中长大，他从小就显示出大部分男性没有的优点：支持身边的女性追求卓越和成功。他鼓励太太和扎克伯格谈工作条件时候要求提高薪资；有潜力的员工生了小孩，他给她们安排更有挑战、更激发潜力的工作，但同时准许她们每周多一天在家上班。这个本科主修历史和政府管理的哈佛毕业生职业生涯一帆风顺。换了很多女朋友，最后被桑德伯格深深吸引，和她从挚友变成夫妻。他没有让桑德伯格婚后改姓。他为了她工作方便而搬家。每天夫妇俩工作到五点半下班，六点到八点和孩子们一起吃饭。如此看来，戴夫的存在确实是桑德伯格成功的秘密武器和坚强支持，也是她可以向前一步和写出《向前一步》的原因。奥巴马在白宫的脸书页面上发表的悼词也体现了他对戴夫的肯定，总统称他是一个真正的领导者，他总是在努力让他爱的人和与他一起共事的人获得成功。

贝蒂·弗里丹的名字第二次出现是在《广告狂人》新一集里。那是在贝蒂·弗里丹的书已变成第二次女权运动代表作之后快十年。主人公们一手壮大的公司被收购并入更大的广告公司。琼(Joan)十几年

56

来从秘书、办公室主任到合伙人，苦心挣来的地位和作用都不再重要。面对新公司古板保守又男权的男同事、男上司的轻视和性骚扰，琼威胁说要起诉老板，还说要把贝蒂·弗里丹请来示威，把平等就业机会委员会（Equal Employment Opportunity Committee）和美国公民自由联盟（American Civil Liberties Union）的人请来造势。当然，最后她没能这么做，她拿了自己股份市值一半的钱离开公司，自己创业。

其实在当时，琼这样的人并非少数。那时在很多领域，已经有很多已婚已育的女性回到工作岗位追求事业发展。但在各行各业，性别平权碰到的天花板仍然坚硬。只要看看剧里男主角唐·德雷珀（Don Draper）回归工作后开的第一个产品会就知道了，一屋子的创意总监，没有一个女性。《纽约时报》的一位记者回忆20世纪70年代她在《纽约时报》的经历时，也提到过，老板告诉她，她在一个正确的时代入行，她的性别是一个正确的性别。她说得没错，贝蒂·弗里丹在《女性的奥秘》里写道，那些受过好教育但嫁作人妇之后空虚无为、丧失自我的太太大多属于"二战"后受过教育的那一代家庭主妇，而她们的下一代女性已经懂得追求自己的权利了。

四五十年过去了，像剧里那样对待女同事的男同事和老板在如今的美国公司里已经很难见到了，至少表面上如此。但根深蒂固的偏见很难打破，为了打破这些偏见，美国的女性和支持女性平权的人还在努力。桑德伯格和她的追随者仍在鼓励职业女性向前一步；希拉里积极地

57

把女性平权、打碎玻璃屋顶作为竞选纲领之一。这些努力中有的激进，有的平和，有的失败，有的润物细无声，但都带着共情力。贝蒂·弗里丹在写了《女性的奥秘》后，成为全国妇女组织的主席，开始推动《平等权利修正案》（*Equal Rights Amendment*）。这一修正案要求"合众国或其任何一州对法律所规定之平等权利，不得以性别而拒绝或剥夺"。到 70 年代末，修正案终于获得国会两院通过，进入州投票通过程序。但因来自女性内部的反对声音很强，以及各种具体问题的出现，州投票程序的期限延长到了 1982 年，修正案还是未获通过。反对这个法案的女性大部分是保守派的全职主妇，她们害怕要求绝对性别平权的法案通过后，她们所选择的受到支持和保护的生活方式以及这种生活方式带来的福利受到威胁，不得不外出工作；而一些职业女性或工会也害怕完全性别平权后，在工作环境的问题上，女性不再享有特殊对待。在这些具体的反对面前，就算法案支持者将女性平权、追求职业平等和同工同酬作为主要诉求，这个看上去绝对又激进的法案还是未获通过。

相比《平等权利修正案》的支持者，我更喜欢桑德伯格的"向前一步"的态度，她在鼓励女性自信和努力实现自身事业价值的同时，也告诉她们人生最重要的职业选择是选择一个对的伴侣。一个对的人可以分担你的压力，分享你创造成绩时的快乐。她也承认他们家的分工并不是严格平等的五五分，从某种角度来说，他们家的分工是"传统"的，她负责做饭、策划孩子的派对，老公负责财务，当然也会根据具体情况而有所变化。也许有人会认为她已经位居首席运营官就不能这样，我倒是觉得没什么不好，日子是自己的，过给自己和自己爱的人看。而且，在很多情况下，有一个信任和爱的人一起想问题也是一件好事，只要是甘心的，做职业女性还是做家庭主妇都是人生选择，只要不停止学习并始终做一个有趣的人就好。也许只有经历她所经历的奋斗和道路，少了锋利，多了柔软，在鼓励女性发展事业的时候，才能不把女性这个性别身份放在受害者的位置去思考，才能不去要求忽视性别差异的绝对平权，而是鼓励人们发挥自己的潜能，才更懂得如何选择合适的伴侣。

# 真实的传奇——神奇女侠的隐秘历史

The True Legendary — The Secret History of Wonder Woman

据说比较有水平的历史系教授大都在拿到博士学位后就迅速把毕业论文出成书，有余力就继续深挖这个论题，再出几本书。等熬过了需要完成巨大课时量的初级教授的日子，终身教职到手，便可随性写自己兴趣所在的题目了。吉尔·勒波尔就是这般，这位高效奇人学术著述颇丰，教书又好，且常给《纽约客》写稿，自2013年出版了研究本杰明·富兰克林的妹妹简的专著后，2015年她又把目光投向了另一个女人。只不过这次的主角是个虚构的漫画人物，"神奇女侠"黛安娜·普林斯（Diana Prince）。

61

在勒波尔这本《神奇女侠的隐秘历史》(*The Secret History of Wonder Woman*) 里，神奇女侠只不过是故事的一个线索，沿着这条线索，勒波尔探讨了作者威廉·莫顿·马斯顿（William Moulton Marston）的私人经历、女权历史、美国20世纪的历史文化沿革，以及三者间的紧密联系。勒波尔文字生动又富有节奏感，无论多严肃的主题都能娓娓道来，引人入胜，神奇女侠这样有"料"的主题，写得耐看有趣就更非难事了。这本书不仅给女权运动和流行文化的研究者提供了一个思路，也引起了一般历史爱好者的阅读兴趣。

马斯顿于19世纪末出生在波士顿附近的上层中产之家，父亲经营生意，母亲来自家世渊源颇深且有史可考的英国世家。马斯顿从小就显出过人的天资和学习能力，高中时曾担任学校文学社主席、校文学杂志主编，还主持过关于女性选举权运动的辩论，早早就显出支持女权的进步意识。他是运动健将，所在学校球队夺得过州冠军，若是在现在的美国高中也是不折不扣的明星学生。明星学生申请就读哈佛大学自然顺风顺水。尽管本科期间他家道中落，最初也遇到过学习上的挑战，但热衷哲学和心理学的马斯顿仍然以不错的成绩从学校毕业。读书时还曾经写剧本参加竞赛，剧本获奖并被拍成电影。

与马斯顿同届毕业的哈佛同学里，不乏杰出之辈。想必在毕业之时，马斯顿也希望在学术和事业上有所突破，走上正统哈佛毕业精英的成功之路。然而命运弄人，这位心高气傲的哈佛毕业生，在毕业后再没有年少时的好运气，经历了近二十年的坎坷波折，当过大学教员，开过律所，经营过若干不成气候的生意，还为好莱坞的制片公司工作过，蹉

陀半生也未功成名就。直到 20 世纪 40 年代初，创作出《神奇女侠》
的漫画故事，才为世人所知晓。

但成就神奇女侠这个家喻户晓的漫画人物的，不仅是从小就支持女
权的作者本人，还有他生命中那些真实存在的不凡女性。她们每个人都
因超越时代的选择、各自鲜明的性格和人生中的矛盾机缘巧合地成为神
奇女侠的灵感来源。吉尔·勒波尔这本书的主旨之一，便是要论证马斯
顿创作出《神奇女侠》的故事并不只是因为灵光一闪，而是他的经历、
他的妻子和女伴们的影响、女权运动进程和大历史环境共同作用的结果。

马斯顿和妻子伊丽莎白·萨迪·霍洛威（Elizabeth Sadie
Holloway）小时候是文法学校的同学，可谓青梅竹马。霍洛威的家庭从
英国移民而来，她从小就接受远超同时代绝大部分女性的教育。在她成
长的时代，社会主流认为男女属于不同的社会区间，男性属于公共空间，
女性属于私密的家庭空间，女人的天职是营造好的家庭环境，为在外奋
斗的男人提供平静安宁的避风港；而追求真理和高等教育的女性则是社
会的异端，是脱缰的野马，她们都是亚马孙女人。亚马孙女人源自希腊
神话中的亚马孙女战士氏族，身材健硕，骁勇善战。

霍洛威是一个"亚马孙女人"，她义无反顾地要去读大学，就读著
名的七姐妹女校之一霍山学院，成绩优异。霍洛威当然是个女权主义
者，相信女性和男性应有同样的权利和机会，同样勇往直前。她相信女
性应该主宰自己的身体，拥有生育决定权。本科毕业后她留起当时还十

63

分前卫的波波头，和马斯顿结婚。马斯顿进入哈佛法学院就读，她不顾父亲反对，申请进入招收女生的波士顿大学法学院就读，成为同届法学院学生中仅有的三名女学生之一。在马斯顿工作不尽如人意的年月，是她外出工作养家，而她也是那个年代极少数可以谋到秘书职位以外工作的女性。

马斯顿除了跟妻子霍洛威育有子女，还和一个叫奥丽芙·拜恩的女人有过孩子。不仅如此，拜恩还和他们夫妇多年和谐生活在一起。拜恩和霍洛威友情深厚，互相依赖。拜恩是马斯顿在塔夫特大学教授心理学时的得意门生，也是他创作神奇女侠形象的缪斯之一。据说神奇女侠手腕上的手环，灵感就取自拜恩那只从不脱下的手环。相比成长经历顺利的霍洛威，拜恩的童年和少女时期则孤独坎坷，哪怕她有着很传奇的母亲和姨妈。

拜恩的母亲是 20 世纪初著名的女权运动先驱伊赛尔·拜恩（Ethel Byrne），姨妈是女性避孕运动的先驱领导人玛格丽特·桑格（Margret Sanger）。她们曾在纽约开设美国第一家协助女性避孕的诊室。伊赛尔在争取女权的手段上提倡暴力反抗，曾经被捕入狱，在狱中绝食，险些丧命。玛格丽特·桑格则专注于女性避孕运动，认为暴力反抗不能实现实质性的改革目标。投身女权运动的伊赛尔没有精力抚养女儿，便把女儿送进教会修道院，后来拜恩靠玛格丽特的资助读了中学和大学。大学毕业后，拜恩未能继续深造，而是和马斯顿生活在一起。当霍洛威在外工作养家，马斯顿尝试各种不稳定的营生时，同样聪颖的拜恩则在家操持家务，照顾自己和霍洛威的孩子。后来她还成为杂志撰稿人，写专栏，每期采访一位神秘的心理学家，而那个心理学家就是马斯顿。

马斯顿创作《神奇女侠》的故事很大程度上与他关心女权运动、支持女权分不开，他生命中的这些女人以及她们的家庭经历也给了他无尽的创作灵感。女性争取选举权的运动中，参与者受到的野蛮待遇，比如捆绑、逮捕、禁言，都启发了他的创作。

他笔下的神奇女侠诞生在 1942 年 "二战" 的关键时期，肩负着拯救世界的任务，又要面对恶势力的威胁。那时候的美国，国家需要动员全民爱国为战争做贡献，女性填补了上前线的男人们的工作岗位，急需神奇女侠这样的女性漫画形象来造势。于是《神奇女侠》漫画一经出现就获得了拥趸和成功。

马斯顿从漫画故事刚发表时就强调，神奇女侠是一个亚马孙女人，神奇女侠的故事是一个女权的故事。《神奇女侠》甚至还专门开辟讲女权历史的章节，介绍女权运动史和其中的杰出人物。但神奇女侠的形象，也从其流行伊始就遭到批评和诟病。她穿着紧身胸衣和超短裤，挥着鞭子，踏着高跟靴，是丰满的白人女性形象。此外，故事中充斥着神奇女侠被铁链捆绑、胶条封嘴、戴上手铐的画面，也引来许多学者的反对，认为这样的描绘有着强烈的对女性不敬和性暗示的成分。对此，马斯顿觉得荒唐又百口莫辩。

65

去年年底联合国任命神奇女侠为女性赋权大使，仅仅两个月之后，任命又因舆论反对而撤销。反对的原因和几十年前如出一辙：神奇女侠像一个白人，形象有性暗示，女孩们不需要一个虚构人物来当女权榜样，她们需要一个真实的女性偶像。但反对和诟病抵挡不住神奇女侠一往无前，成为漫画史上最有名的女性角色。

　　马斯顿于 1948 年因病去世，在他停止创作之后，神奇女侠并未按照他的初衷一如既往地智慧和勇猛下去。脚本作者几经更迭，哪怕霍洛威致信出版人说自己是最了解神奇女侠的人，也未能获得创作的机会。20 世纪 50 年代的美国，战争结束，男人们回到原有的工作岗位，女人则要回归家园，神奇女侠也顺应时势变成一个几乎失去了神力的女秘书。如今，哪怕每年万圣节都有人扮成神奇女侠穿梭在派对和街道，人们也鲜少了解神奇女侠的创作初衷。

　　马斯顿创作的神奇女侠黛安娜·普林斯，最初和她的族人生活在远离世界的亚马孙女儿国仙境岛。她在海岸边救起一个男人，送他回到美国。马斯顿的神奇女侠不愿意结婚，不相信婚姻。但马斯顿去世后，神奇女侠却十分想要嫁给她救起的男人，组成家庭。马斯顿的妻子和伴侣们的隐秘生活一直持续到他去世，这个秘密接着又保持了多年。她们是马斯顿生命中的神奇女侠，她们独立勇敢坚毅，世俗的婚姻观无法束缚她们的人生选择，后人也很难评说这选择中存在的矛盾性是否有违女权的初衷。也许这种超越世俗束缚的自由选择，就是一种女权的实践。

# 告别《广告狂人》，最佳虚构年代结束了

Farewell to *Mad Men*

　　《广告狂人》里我最喜欢第三季最后一集，这一集里贝蒂·德雷珀（Betty Draper）向早已分床睡的唐·德雷珀提出离婚，说她要去见律师了，劝他最好也赶紧找个律师。

　　唐觉得有点突然，一副手中掌握的一切都失控了的样子，难过但又不至于绝望；贝蒂倒是冷静坚决，白了他一眼说，你别装得惊讶了。接着贝蒂和新情人去见律师，咨询怎样才能快点把婚离掉，律师说："在纽约州，除非一方配偶罹患无法治愈的精神病、被判无期徒刑、通奸，或者消失，否则很难离婚。"贝蒂带着她惯有的一脸无所谓的表情说：行啊，反正他确实对我不忠。律师说两人都婚内出轨就不适用了。贝蒂的新情人亨利·弗朗西斯（Henry Francis）是当时州长纳尔

67

逊·洛克菲勒（Nelson Rockefeller）[1] 的公关事务总监，他听到这话，赶忙说了句符合他职业素养但背后藏着时代背景和名人八卦的话："你是想用这事给州长抹黑吗？"

看到这里我忍不住会心一坏笑。因为硕士毕业论文的主题与纽约州的离婚问题有关，就一下子明白了导演在剧中植入历史背景的小心思。亨利之所以这么说，是因为 1963 年 5 月，州长小洛克菲勒在与自己第一任太太离婚刚满一年多就又和刚离婚一个多月的自己老友的前妻结婚了。

虽然 20 世纪 60 年代是个充满变革和动荡、新思潮不断涌现、人人都想尝新的年代，可政客离婚不久又迅速再婚的八卦新闻（更不要提离婚再婚背后藏着的多年的感情）肯定对他的政治生涯有很重大的影响。虽然大家都不明说，但很多人相信小洛克菲勒的婚变是他在 1964 年大选前争夺党内提名时输给巴里·戈德沃特（Barry Goldwater）的因素之一。如此看来，贝蒂的新情人作为公关总监还是合格的，他立马想到不能牵扯到他与贝蒂的地下情，因为这将更进一步抹黑自己老板的公众形象。

在现实中，小洛克菲勒后来的夫人也同样苦于纽约离婚法律条件的严苛，只能飞到离婚容易的内华达州去住了几周，在那里获得合法离婚。而《广告狂人》这一集的最后也是贝蒂在亨利的陪同下乘飞机到内华达州的离婚之都里诺去办理离婚。

68

---

1　纳尔逊·洛克菲勒：历史上确有其人。第41位美国副总统，此前连任4届美纽约州长。

　　当然，这一集让我会心一坏笑的地方不止于此。《广告狂人》选动荡的 60 年代为背景，可以说，历史细节埋在剧中每一处，真要细数起来，那比数《阿甘正传》里的要难得多。比如，这一集里罗杰·斯特林（Roger Sterling）坐在酒吧里跟唐喝酒，说起酒吧挂着的肯尼迪画像时还充满惋惜，他自问自答道：你看他们怎么还把肯尼迪挂在那里？不过谁愿意挂一个约翰逊呢？这时候肯尼迪已经遇刺身亡，担任总统的是补位上去的约翰逊。在美国公众印象和电视电影里，约翰逊始终没有好形象，在最近过于"政治正确"的《塞尔马》（Selma）里，他更是被描绘成被动推进民权运动、下令胡佛恐吓金博士老婆的怕麻烦的总统。

　　值得一提的是，这一集里女性的行动也体现了时代的特点。贝蒂最初的形象就是一个生活富足、看似家庭美满的主妇，完全符合"二战"后美国社会对婚后女性的角色设定。但她实际上却是敏感且并不满足的，为了克服这种不满和挫败感，从第一季第九集末尾开枪打鸽子，到第三季终于决定和新情人组建新家庭，她也算努力挣脱了原先束缚她的假象。同样在这一集，因为要组建新的公司，唐把一手栽培、提拔的佩吉（Peggy）叫到办公室，让她跟他走，照他的办法办，佩吉跟唐发飙了，说他不能再这样控制她，总觉得她能做的事情都归功于他，总想当然地低估她的能力。最后唐还是服了软，跟佩吉道歉。

69

　　50 年前，60 年代的天花板自然比希拉里带领职业女性反抗时遇到的更加顽固、坚硬。但 60 年代也是变革开始的时代，《广告狂人》里选择离婚的贝蒂和琼，以及一直在找寻自我、与传统标准反着来的佩吉（她出身保守天主教家庭，却在工作后经历了堕胎、和犹太男友同居等），都做出了在那个时代看来出格而先锋的选择。看这些女人和性别歧视斗智斗勇，在妥协中进步，也是此剧的迷人之处。

从肯尼迪遇刺到金博士遇刺，整个《广告狂人》的大背景就是民权运动高涨的 60 年代，展现了整个社会方方面面的风起云涌。面对很容易演绎得煽情和过分激昂的历史背景，导演处理得恰到好处，又符合现实，把那个时代的种族矛盾、性别偏见都赤裸裸地描绘出来。

而导演高明的地方就在于，他没有生硬地刻画时代背景，而是将其融入广告人的工作和生活中。毕竟广告人工作的目的是卖产品，就像第一季第十集大家开会看肯尼迪和尼克松总统竞选宣传片的时候，皮特（Pete）一针见血指出的那样："别忘了，总统是一个产品。"在他们的世界里，黑人最有意义的存在也只是可征服的新市场，以及《民权法案》通过后办公室里多出的几个黑人女秘书。

当然除了各有特点，看上去比男人更坚强、有主见的女性，除了对那个时代的出色刻画，剧中的男性角色也很有看点，罗杰和唐就是这出戏里最出彩的角色。两个来自不同阶层的男人，在一家广告公司成为拍档。罗杰是非典型的"WASP"[1]富家公子哥，虽然本性可能也有好

70

---

1 "White Anglo-Saxon Protestant"的缩写，意为白人盎格鲁-撒克逊新教徒。

逸恶劳的部分，但参加过"二战"，关键时候也不怂，会谈生意，是个好伯乐，喜欢玩女人，但也有情有义，算是讨人喜欢的浪子。有趣的是，后来他的女儿跑到深山公社里过嬉皮生活，这段小插曲也反映了那个年代的流行文化和一种生活选择。而唐可以算是一个矛盾共同体，一方面他是冒充他人身份的"骗子"（Con-Man），另一方面是美国梦实践者（Self-made Man）的成功典范。他出身卑微，母亲是一个妓女，长大后参军打朝鲜战争，抓住机会冒充了死去的上级的身份，获得了紫心勋章，成了人们崇敬的退伍军人。有了工作以后，努力工作，掩盖虚假身份，成为靠自己努力获得晋升和财富的人。但以前生活留下的阴影却也寸步不离地跟随着他。

在最后一季的最后，唐的画外音说：每个人都有自己的故事要讲，这个故事只有一个方向，就是向前。这一季播出前，纽约城里到处都是剧集的宣传海报：唐开着敞篷车，一手搭在车外，手里拿着烟，旁边写着"End of An Era"（一个时代结束了）。

拍了七季，每个角色都有变化甚至进步，但这部剧吸引人的地方便是人的变化并不是一蹴而就，而是螺旋式的，不管下降还是上升，总有些事情让他们兜圈子、抓住他们，让他们无法也无力改变。这就是和现实最近的地方。时代在剧变，人也许会变，但更多的是不变。

# Fried Chicken for Breakup Dinner

分手时候适合吃炸鸡

# 分手时候适合吃炸鸡

Fried Chicken for Breakup Dinner

去年夏天准备画展的时候，偶然看到《纽约客》杂志的一篇报道，写了发家于美国南方的炸鸡品牌Popeyes的故事，兼谈其他品牌炸鸡及其与社会文化政治的关联。看完后便立刻想要吃到简单的炸鸡汉堡，但苦于在京郊工作室画画，不能进城，于是只好画了一张炸鸡汉堡看看了事。作为一个自以为比较自律又有餐饮行业从业经验的人，我很少会看到食物报道就想要立刻吃到，炸鸡或炸鸡汉堡是例外，只要一说到听到读到，就立刻会有生理反应，需要吃到。

正好也是去年，Popeyes的炸鸡汉堡在美国卖得相当火爆，加州有朋友甚至开车去排了好多天的队都买不到那一个能带来简单快乐的简单的炸鸡汉堡——辣味炸鸡加酸黄瓜和芥末酱。我去年年底回纽约时最大的遗憾便是没能去以前家附近的Popeyes买上一盒炸鸡和炸鸡汉堡，吃一顿报复性的炸鸡餐。

今年疫情期间，关于美食的新闻非常少，国内外很多餐厅关门的消息让人难过。能在国内疫情减退之后开张的新餐厅都非常有勇气，其中最令人惊喜的就是 Popeyes 内地第一家店在上海的开张。开门之前的消息放出非常低调，但也没什么好担心的，本就无须多言啊，毕竟是一个对很多人来说承载着满满的美好记忆并且拥有大量拥趸的炸鸡品牌。这样一家美国餐厅在中国的开业，以及开业之后顾客蜂拥而至导致了餐厅一天的供应量无法满足当天订单的情况，都从不同方面，在不同程度上让人们心中的乌云散去不少。大概很少有人不爱炸鸡，每个人都有自己的炸鸡记忆，想到它就会回忆起某个地方、某个人。

在电影《绿皮书》里，炸鸡作为南方美食和种族历史的象征，被赋予了种族、阶级、个体之间交流纽带的意义。我最喜欢的炸鸡并非肯塔基炸鸡，我最喜欢的有关炸鸡的电影表达也不是《绿皮书》里的文化美食植入，而是以同一时代为背景的电影《帮助》(The Help) 里的象征用法。《帮助》里的炸鸡作为推动情节的黏合剂，更自然，更温暖，而且这部电影里拍的就是 Popeyes 的那种炸鸡，比肯德基炸鸡更合我口味。电影里，炸鸡出现在未来的白人女记者采访黑人保姆的深夜，也出现在做饭很有一套的女仆教女主人做炸鸡的时刻。漂亮的女主人要她和自己同桌就餐的情节如今看来依然令人感动。

以美国民权运动为背景的电影那么多，我独爱这一部，一方面因为每个角色都立体、有趣，另一方面就是因为其中的炸鸡情结。也是看了这部电影里制作炸鸡的情节，我才想到要自己做炸鸡吃——当时我还在美国南方读书，到处都有好吃的炸鸡卖。

我在美国佐治亚州读书，所在的大学城没有 Popeyes，倒是有另外两家连锁炸鸡店。一家总部就在佐治亚州，叫 Chick-fil-A，学校餐厅装修后有一个很大的空间卖他们的炸鸡：炸鸡汉堡里是一块不辣的炸鸡和一片酸黄瓜，炸鸡卖的是鸡块，我最爱的是薯格。这家炸鸡店让我明白了在麦当劳和肯德基针对中国市场进行改良的汉堡之外，还有朴素但好吃的美国南方炸鸡。日后在纽约去 David Chang 开的 Fuku，还是觉得远不如 Chick-fil-A 的好吃。炸鸡店开在学生们常常通宵抱佛脚的校园里，着实满足了那种忙起来压力大的时候就要吃垃圾食品的冲动。这家店最有意思的是广告，永远都是奶牛出镜，因为吃鸡就少吃牛，是救牛之举。

学校所在的城里，还有另一家炸鸡店叫 Canes，他们的炸鸡是比较大的鸡柳状的，有几种可以选。点一篮子炸鸡柳，里面配黄油烤面包、酱和沙拉。我和曾经约会过的男生半夜开车去吃过几次，搬到北方以后也跟后来的男友开车去波士顿吃过。其实 Canes 不似 Chick-fil-A 和 Popeyes 酱料足且多汁，只不过因为带着感情的滤镜，在很长一段时间对它莫名青睐。但当感情不在，也不再像读书那会儿一定要满足吃夜宵的冲动，就发现那只是很普通的一家连锁炸鸡店，也难怪没能在美国东西海岸大火。

去年夏天我一个人在京都玩。有一天决定从位于四条的酒店走到东福寺去。那是一个人少的周末早晨，我听着 David Chang 的播客一路走，在

一期讲烤肉的节目正式开场之前他自由发挥讲了很久自己最爱 Popeyes 炸鸡。我听得颇有共鸣，至今都能记得在那个京都湿润的阴天里独自放空的快乐。那天我想明白一件事，为什么我最喜欢吃 Popeyes。首先当然是味道，有辣味的炸鸡当然是我的首选。其次是它在美国的那些店面给我的印象，小小的，甚至有些破旧，人不多，饮料台混乱，但炸鸡出品一直稳定。最后就是去吃炸鸡的经历愉快而奇特，令人印象深刻，相信它的炸鸡拥有让人愉快的力量。有一年去海边看艺术装置展。那时候交往的男生是业内人士，非常勤奋要看艺术，而我只想在沙滩晒黑。半天看下来筋疲力尽，还被拉去一家白人冲浪手开的餐厅吃简餐，顾客都是装酷的中年艺术家，暮气沉沉，一个个都端着，食物也很差、很贵，还要排队。吃完以后非常不开心，想到大老远来还没吃饱就要坐一个小时地铁回家，实在气不过，就掏出手机搜附近还有什么，Popeyes 出现了。立刻跑去。那家人很少的店仿佛那个安静无聊的海边区域的灯塔，

按照既定的菜单输出拯救饥饿的光。我们点了好多炸鸡和汉堡。吃完满足之余，看着夏天黄昏才有的火烧云，日落后紫红色和蓝色混合的天空，以及炸鸡店附近的黑人社区教堂。一个和我们一样吃完炸鸡的黑人走过来说：我们教堂的周末唱诗班表演很棒，你们可以去看。我们对视一眼，为什么不呢，擦掉嘴上的油就溜进了教堂。果然是很有感染力的黑人唱诗班表演，每个人都在快乐地有节奏地唱歌，打节拍，对我们十分友好。要说和这个男友间最愉快、奇特的经历，想来也只有这一件了。有时候我会想，我们现在还能做朋友，可能也是因为吃了那顿炸鸡吧。

再后来，在纽约的时候，跟另一个男生吃分手饭，挑在我家附近一家我没吃过的灯光昏暗的意大利餐厅，是那种比较偏正式西餐的餐厅。下午五点半就开始吃了，店里没有别人，桌布、刀叉、蜡烛样样齐全，唯一缺席的是好气氛。俩人聊着分手，都各自赌着气，不想说服对方，也不想让对方好受。一餐下来根本不知道吃了

什么。走出餐厅天还没黑，新晋前任说他没吃饱，我突然觉得没吃饱比分手更难忍，就说我家附近还有个炸鸡，我们吃那个去。于是把他带到家附近那家破旧的 Popeyes，坐在流浪汉的背后吃完了一大份炸鸡和汉堡。两个人彻底忘了争执、误会、委屈，吃得满手是油，再看看对方，竟然就开心了，分了手还能没顾忌地一起吃炸鸡倒是幸事。吃完两人和睦地走到我家路口，道别再见。当然，我对待这个前任也不像对别的那些，因为分手时吃了好吃的炸鸡，我们至今还是朋友。所以啊，要想分手分心顺利，最后一顿还是要吃炸鸡。

# 气泡水里的烟花

Sparklers in Sparkling Water

夏日恋情消逝如退潮中的夕阳
Summer Love Fades Like Sunset in Ebbing Waves

地铁里，In the Subway

钢琴时间
Piano Time

多吃蔬菜
Make Relationships Vegetarian Again

棋逢对手
The Best Opponent

Diduy 2016

# 和艺术家谈恋爱

When Artists Fall in Love with Artists

我有朋友爱上了一个艺术家，抱怨说只要艺术家有项目在进行，情人就会变成空气，艺术家消失在创作中。朋友问我，是不是在艺术家心里，情人永远排在创作后面。我说，对于真的热衷于创作并且在其中获得快感的人来说，创作一定是第一位的。我从小在艺术学院长大，全家人都搞艺术、搞创作，看了周围太多艺术家的逸闻和家长里短，太理解这种状态了，没办法，艺术家就是这样。

搞创作的人有大项目的时候尤其想要集中精力做到最好。比如我在个展之前的两三个月，就最好自己关在工作室画画，大部分时间不被打扰。而有些创作又不能远程做，需要和团队做，那么这个时候物理的在场和专注就格外重要。爱聊星座的人会说处女座力求完美，这么说的话，所有对自己有要求的艺术家就都是处女座，创作上锱铢必较，不达到自己认为的完美程度就不罢休。如此看来，这也算是一种职业道德，越是爱自己事业的艺术家越是如此。

仔细回想我小学中学时的暑假，几乎很少有一周以上的全家出游，夏季外出度假这种悠长假期的记忆几乎是没有的，因为我父母要在工作室画画。久而久之，我明白对于艺术院校的老师来说，暑假是一种创作上的奢侈时间，大块的时间可以自由创作，没有教学、行政事务的纷扰，没有学生打扰，小孩也最好待在家里看书画画，不去夏令营，不去旅游，省得担心。久而久之，我也就习惯了在家的暑假，如今甚至觉得这样可以自由支配的时间尤其宝贵。

小时候家里有两条规矩，一条是不要想着日后可以读美院就不好好学习，第二条就是不要和艺术家谈恋爱。我父母是艺术学院的同班同学，这样教育我似乎不太站得住脚，不过他们确实是比较罕见的婚姻和谐的夫妻。我爸后来把口径改宽了一点：不要跟自以为是的艺术家谈恋爱，那种热衷于在外表上营造艺术感、头发很长的就不要搭理。我的理解是，搞艺术的人都比较自我，比常人更容易自我中心，这样在关系里总会有不平衡。

我没有交过搞艺术的男朋友，只交往过策展人，那是很有趣的经历。和策展人约会看展览是件既有戏剧性又非常头疼的事，他们要拉着你听他对展览的解读，看完要跟你一起分析回顾，甚至要掏出他们的笔记给你看。茶余饭后也时不时要问你对某个艺术家的看法。就连分手的吵架都是形而上的。在策展人眼里我就是个野路子艺术家，每当谈及艺术，他们就会自然而然有专业优越感，觉得我不是一个纯粹的艺术家，不是职业艺术家就不能与他们对话。优越感让他们飘飘然，忘了我还学过历史，分析很多问题比他们更有逻辑，对有的时代背景的认识比他们看通俗历史和维基百科得来的深很多。而我又是个得理不饶人的，只要在议题上较真，就一定要吵赢。这在多少有点自大的策展人看来很是头疼，所以我和他们的交往都无疾而终，也许也有文人相轻的成分在。

要让我爱上某个作家或艺术家，那我必须先非常真诚地喜欢他的作品。如果有一个像村上春树那样自律得有点无聊的人在我面前，写的小说有点絮叨又诚恳，我就会爱上。艺术家要

15

爱上艺术家，大概需要足够且真正的理解，还有对彼此才华的欣赏。

所以我在看《婚姻故事》的时候，不认为那是一个有普遍讨论意义的婚姻故事。这是两个搞创作的人的婚姻故事，而且夫妻俩还是同行，这就非常微妙了。女的是演员，男的是编导，谁塑造了谁，谁成全了谁，几乎就是鸡生蛋蛋生鸡的问题。才华上他们必然是彼此钦慕的，但是在各自想要的生活上却产生了分歧。男的自大一点，获过麦克阿瑟奖这么重要的奖项，他觉得情感和事业是捆绑的，妻子是他的缪斯也是他的第一女主角。但是女的不一样，她一直不知道自己要什么，后来明白自己要什么了，却得不到支持，那只好结束这个婚姻。爱是流动的，搞艺术的人的爱就更是流动的了，因为搞艺术的人敏感，但每个人敏感的点又不一样。电影里的男主角就读不懂女人的困惑，觉得她想要的就是他给她的。其实讨论他们是否还爱对方已经没有意义，毕竟离婚是切实发生的事情。他们有小孩，他们可以文明相处，他们还在一个更大的行业圈子里。最开始把他们带到一起去的激情

和钦慕之爱可能已经变成了一种安全距离下的惺惺相惜。

如果不是同一个行业的创作者会也许好一点，一方拥有另一方没有的职业能力，如果还能互相理解，那就永远都有令人惊讶的神秘感。村上春树的老婆是我一直好奇的人，虽然对她的了解只限于《巴黎评论》中的问答和"跑步书"中那个在中途给老公 *《当我谈跑步时，我谈些什么》 做饭团提供补给的人。但在我看来，这个自身并不是作家的女人想必是厉害的。作为村上春树的读者，我想到他的老婆时一直代入的是小林绿子 *《挪威的森林》中的人物 的形象，她有她的想法，坦白又坚定，所以村上才可以那么安心地跑步，写作时躲到山里的房子里去。我好奇他们如何吵架，好奇如果他们想离婚，他们想到的是什么。

同样是跟非同行结婚的希拉里·曼特尔就与地质学家（后来去了IT公司）老公短暂离婚又复婚过。在《巴黎评论》对她的采访里，我看到的是一个对写历史小说有着近乎宗教般虔诚的人，但为了生计她也愿意去做

影评人。在她婚姻关系里，她是主导，但她也明白作家的伴侣是很孤独的，一个人写作时不能被打扰，作家是不会去强调所谓陪伴的。她对丈夫的需要是他扮演普通读者而不是资深文学读者的角色，写好了新章节的草稿给他看，目的不是获得评论、反馈，而是需要有人等着读下一章，但她又会与别人讨论而忽略丈夫。所以做创作者的伴侣需要极大的宽容和耐心。

我也交往过一些人，他们从事和我做的事八竿子打不到的职业，如果他们用封闭的眼光看世界，那么就算爱我，也无法理解我的职业和创作选择，会给出一些令人恼火的建议和判断。而能用万事皆关联的眼光看世界的外行真的太少了。

琼·狄迪恩的老公也是个成功的作家，是并肩工作的同行，他们离过婚又复婚。她甚至在闹离婚的时候跑到夏威夷给杂志写稿，把闹离婚这件事写进有上百万阅读量的杂志里，那时候想必是非常想要离婚的。创作伉俪要一直维持婚姻挺难的。我长大的过程中，听到过各种搞艺术创作的伉俪的故事，有的出轨，有的人前亲密，人后各玩各的，应有尽有。这让我进一步怀疑起搞创作的人结婚的意义来，但搞艺术的人又那么敏感和需要爱。琼·狄迪恩最后跟丈夫复婚直到丈夫脑梗突然死掉。我在看《奇想之年》的时候有两种互相矛盾的想法，一方面很羡慕这样的关系，另一方面又十分害怕如果拥有这样的关系，等到面对对方的亡故时，能否也能像她那样不哭不闹地接受人生伴侣的死，做医院社工眼里的冷静顾客。

那个爱上艺术家的朋友说，你看，你是艺术家就可以爱上艺术家，因为你理解他们的创作状态。其实不然，搞创作的人爱上搞创作的人是很容易的，但只有真正理解彼此的创作和工作状态，爱才会变得更包容和有持续性，甚至对彼此的创作有启发。我总是在爱上一个人时生出奇怪的灵感，但事后再看那些画，就不那么喜欢了。那些画很软，没有力量，是被爱情击中后妥协的灵感。真正让我欣赏、让我画出有力量的画的人，我不知道我已经遇到，还是正在遇到的路上。‖

# David Chang 到底是不是理想型?

Is David Chang the one?

在谈过若干场恋爱之后,很多人会发现一个令人沮丧的事实,那就是大家其实清楚自己不要什么,而不清楚自己到底要什么。你越了解自己不要什么,条条框框就越多,就会在遇到一个人的时候过多分析和揣测,怀疑和踌躇多过凭感觉将错就错,很容易因此错过好的约会对象甚至伴侣。我不习惯用类比,但是这种情况就好比,一个人经过正统训练,但没有自我意识和形式的突破,画出来的画没有灵魂和呼吸,就是一种矫情的刻板,

越是刻板,路就越窄。

拿我自己来说,我是学历史的,不巧又在大多数人谈婚论嫁的年纪去美国学历史,写了婚姻史话题的毕业论文,研究离婚的历史,读离婚庭审资料和档案读得津津有味。学习这些倒不妨碍相信爱情,但确实让我对感情生活有着过于理性的分析,对婚姻这个模式充满不信任。

于是在很长一段时间里,我只知道我不要什么,对要什么却很模糊。只要看到一个人有让我如鲠在喉的缺

点，无论是生活习惯、人品方面的问题，还是观念方面的问题，只要这样的缺点出现，我便无法维持感情，便开始想怎样在分手时候尽量减少损失和做好危机公关。

很多人都说爱是有限的，投入地爱过一两次之后就不会再爱得起来。我倒没有这个困扰，我总是说每一次都是真爱，每一次都很投入，只是时间长短有别。可能对于搞创作的人来说，只要灵感不枯竭，爱就不会枯竭。

但人又是矛盾的，并不是每一次爱都一定是真爱，有些时候可能只是一时冲动后骑虎难下勉为其难的一个过程，一个给自己找台阶下的过程。说实话，什么样的人值得爱上，并且在最初的激情退却之后还可以一起生活甚至一起进步，是经不起细想的，恐怕不到这样的人真的出现，也说不清。

丧气的情感专栏或外表理性、实则鸡汤的心理公众号，总会告诉你亲密关系到最后都是要平淡如水和麻木的。这我不太相信，倒不是说我害怕平淡，而是我反感那种"时间久了就不爱了是因为习惯了"这样的说法。

毕竟我身边的长辈、我最好的朋友，他们与自己的伴侣都是经过时间的考验，还依然很自然地爱着的样子。

某次恋情以分手告终后，我和好友讨论自己的理想型，我说他必须有能让他百分之百投入的事业，要很忙，比我忙就更好了，不要总在我眼前黏着我，还要幽默，要坦诚，最重要的，要善良。朋友打断我说，你的理想型就是 David Chang。他当然可以这样总结，但也并不完全如此，毕竟 David Chang 是一个有恩爱伴侣的已婚人士，他只能作为范例。

David Chang 这个名字在全世界美食餐饮圈无人不晓。他先是在日本打工，在高级餐厅工作，后来开了十来家 Momofuku 餐厅；除了做好餐厅、激励员工，他还拥有一个文化传播品牌，又和他创办美食文化杂志《福桃》（Lucky Peach）时的搭档一起，为 Netflix 拍了两季讲食物和人的故事的纪录片《美食不美》（Ugly Delicious）；同时他还定期更新自己的播客"the David Chang Show"，邀请各个领域的人一起探讨有趣的议题。

单就他步履不停的工作节奏来看，便符合了我的理想型的一个重要指标，他一直带着极大的热情做着自己钟爱的事业。而更可贵的是，当他专注自己的工作时，并没有把自己放进一个空间狭小的盒子里，而是带着一种万事皆关联的态度在工作、在进步。

我有时候觉得世界上的人可以分为两种，一种用盒子眼光看世界，一种用万事皆关联的眼光看世界。所谓用盒子眼光看世界，就是觉得人和事可以根据所属的职业和领域，被放进不同的盒子，觉得它们不相通，也不会去想它们之间外在或内在的联系，觉得只要知道自己领域的事就行了，就连好奇心也是放在盒子里的。

我有过这样的男朋友，让人觉得很妙也很讽刺的是，他们多年之后依然这样。住在纽约，一年却去不了几次美术馆；当你说起另一个朋友的工作时，他就一脸无知不解，说这是什么工作，不了解，觉得我去给餐厅工作是件不可思议、违反常理的事；明明有钱有时间却不会想要去看《汉密尔顿》，理由是他喜欢古典音乐，为什么要去看嘻哈音乐剧?这里的逻辑难道不应该是，正因为偏爱古典音乐，所以对一出音乐剧用嘻哈乐来唱美国国父的时候就更好奇了，想要一探究竟吗?这才是受过开放的高等教育的人应该做出的反应。当时听到这个理由的时候我蛮欣慰的——还好当年分手了。

我是另一种人，我相信所有事都有微妙的联系，不同领域的人需要互相了解，彼此给予启发、灵感、感动和激励。我相信 David Chang 也是这样的人，所有搞创作的人都是这样，他们让世界连起来，而不是把世界分成一个个孤立的盒子。

当然，David Chang 让人喜欢，更在于他是一个特别真诚、善良的人。在著名厨师和美食纪录片主持人 Anthony Bourdain 因为抑郁症自杀后，David Chang 录了一期基调悲伤却能抚慰人心的播客，他对逝者表达了怀念，坦白自己也有比较严重的抑郁症，无论身在何处，有多忙，他每天都会跟自己的心理医生聊天，谈自己的问题，学习与这些问题相处。他鼓励所有有同样或类似困扰的人去寻求帮助，而不是结束生命，但他也理解被这些问题折磨的人的痛苦。他坦言害怕自己不能成为一个好父亲，到现在依然觉得，自己会有家庭和小孩依然是件不可思议的事情。能坦诚面对自己，不断剖析自己的人本来就少，对于不善表达的男人来说就更加难得，能公开去说就需要更大的勇气。真诚和真实地面对自己的脆弱，让他看上去有一丝敏感的浪漫。

那到底 David Chang 算不算我的理想型呢? 什么样的爱才是我想要得到和给予的那种爱呢? 我也反思过，我总是更容易喜欢对事业和工作充满热情的人，哪怕是工作狂没有时间陪我也是极好的。因为无论在写字看书还是画画，我也更希望可以独自待着。但这样的倾向，是不是一种肤浅的慕强呢? 仔细想过以后，觉得其实也不是，我喜欢的是一个可以激励我去更自由地创造的人，他的专注和热情可以感染我更专注地做好我自己的事。

对于从事艺术和搞创作的人来说这尤为重要。如果两个人都是从事艺术创作相关的工作就更是如此，理解对方需要的空间和时间，给予最大的支持，才能使对方做出更好的作品。而回看在那些不那么好的关系里我画的画，就有一种不自由、没力量的焦灼感，这些画就是在那样的关系里无法做自己的时候的产物吧。所以判断是否爱对人的最直观的标准，就是我是否打心眼里喜欢自己在那时的创作，我画的是否是想要画的，而不是他想要看的或我想要他看到的，如果我的画和思维是自由的，那这个让我觉得更自由、能更放得开去创作的人，就是我的理想型。

我想要的爱，就是让彼此感到自由没有束缚的爱。尽管这听上去很矛盾，毕竟大多数人在爱里找的是占有和捆绑，但相比之下，更珍贵的爱就是让人在各自的世界和领域自由发展。‖

21

# 食评人走了，留下的是不散的筵席

The Moveable Feast After Critiques Are Gone

以前每次回北京，不管时间长短，都会在汉舍万通中心店吃上几次。了解我的朋友都知道，我每次都会点有机花菜炒腊肉，如果那天正好是一大桌人吃，他们就会很贴心地点两份。而甜品里我最喜欢的是桂花酒酿丸子，一个人可以吃掉一份。

但当时并没有想到，几年之后，汉舍朱小姐会在纽约开"好面馆"（Hao Noodle and Tea by Madam Zhu's Kitchen），还来问我要不要帮她做市场和公关。她问我的时候是去年夏天，

我们好像是在 SOHO 逛街，我没细想就答应了下来，然后补充了一句：现在这个社交媒体发达的时代，市场公关和创意已经界限模糊，我干脆就叫创意和市场总监吧，社交媒体和网络的内容都归我管。

就这样，我开始兼职做餐厅的创意和市场总监。现在回看，以前去汉舍吃饭留下的好印象和记忆也是一种印证。我老去吃，自然十分认可，觉得好吃，正因为这些，才没怎么犹豫就答应了。另一方面，没有犹豫还有一个原

因，就是我觉得以我的能力可以达到预定的目标。虽然做的是一件别人看来不可思议，一件和我之前的专业和经历完全不搭界的事，但我从来没给自己能做和想做的事设限，又总希望可以挑战一下自己，看看不搞学术也不搞艺术，正经工作是何种滋味。

当然，我之所以有信心做好这项工作，最重要的还是因为相信朱女士在纽约开的这家餐厅一定是一家精益求精的餐厅，一家好吃的餐厅，是我百分百认同的地方。而这一点，从前期筹备、装修、开张之前的忙碌（现在这份菜单的基础蓝本在开业之前，他们试了两年）到开张后每次开会、每次换菜单试菜，以及这里的每一天，都是我始终坚信的。

从答应那一刻起，我就在心里定了一个小目标，在开业三个月以内，要拿到《纽约时报》《纽约杂志》《纽约客》的美食版评论和推介，这也是餐厅水准理应匹配的媒体关注。后来，我们真的做到了。但故事并不止于他们的评论。

第一个正式评论刊登在《纽约杂志》上，第二个是《纽约客》杂志，最后一个是最有影响力的《纽约时报》，几乎是踩着我自己设定的严格的时间节点发表的。这里主要讲的，就是和这些食评人一起工作的经历。

餐厅开业之前，我把纽约各食评人的经历、文字、脾性、八卦都研究了一遍，努力把他们的样子记住，有几个比较著名的打印出来，作为培训服务员的资料。

但实际上，出于行规和职业习惯，尽管现在是网络时代，大部分食评人在互联网上留下的痕迹也还是不多；又因照片拍摄时间不详，有的是若干年前的，长相变化难免，就更容易认不出来了。

研究食评人的经历也算一种必要的历史梳理。有时候要从专栏的上一任开始研究，因为前任食评人来吃饭，回去后也可能对同事和同行讲起。食评人和报刊、网站美食版编辑的圈子并不大，相互往来、跳槽很正常，谁吃到好吃或难吃的新餐厅，很快就会传开。

餐厅开业前做过几场试吃的私宴，我请来了这些报纸杂志其他部门的总编和美食杂志的其他作者，但食评人不在被邀之列。纽约专业的食评人恪守的职业准则就是，和餐厅老板、大厨保持安全距离，这样才能维护自己作为专业食评人的声誉，让评论有风格有分量。所以餐厅做事讲究，也就不去打扰他们。

第一位来餐厅吃饭的是《纽约杂志》网页版美食专栏 Grub Street 的美食编辑。可能几次试吃让一些有影响力的朋友知道我们很快就要开张并把消息传了出去，再加上此前在社交媒体上积累的关注量，试营业前我在 Instagram 上放出试营业预定的联系方式后，就收到了一封邮件说要订两个人的位子。出于敏感，我搜了这个人的名字，他是《纽约杂志》前美食编辑，现在是自由撰稿人，但仍为媒体供稿。于是就提醒经理留意了一下。

试营业第一天，这位撰稿人和一个朋友如期而至。他们点了少量前菜和主菜，一人要了一碗面，我记得是担担面和豌杂面，我走过去提醒他们面要赶紧搅拌开，他们谢过我的好意，脸上的表情其实是：不用啦，我们知道该怎么吃。

试营业三天后，我又收到一封来自《纽约杂志》编辑的邮件，他说想来拍摄若干菜品和担担面，放在下周杂志新刊的新店介绍栏目。他就是试营业第一天和那位自由撰稿人一道探店的编辑。《纽约杂志》的美食编辑每周会介绍城中一家不错的新餐厅，纽约每年有上千家新餐厅开业，"好面馆"被选中实属不易。

拍新店开业的摄影师准时到达，拍餐厅环境，也拍新菜。拍摄时间由拍摄的菜品数量而定，通常在一个半小时到两个半小时之间。摄影师都独自前来，自己带齐器材，待他们准备就绪，我就通知大厨按顺序上菜，保证出菜漂亮，有的时候我也会帮忙打打光，摆摆桌子。

拍摄完毕只算完成了工作的一部分。接下来写好稿的编辑或记者要核对信息。我和这位编辑为这次新店报道往来了 48 封邮件。他们确认了许多菜的做法、配料细节、店里艺术品的作者名字和系列名，还确认了国内汉舍餐厅的名字，我把能给的信息都给了，不能透露的配方就爱莫能助了。

《纽约杂志》在新店报道后，又推荐了餐厅的担担面，将它评为本城最好吃的担担面中的头牌 (The Absolust Best)。写这篇文章的作者就是试营业第一天来吃晚餐的自由撰稿人。他采访朱女士时，我担当翻译。这位记者从面的做法、调料的黏稠度，到担担面和重庆小面，再到纽约市面上流行的各类担担面正宗与否，都提了十分详细的问题。我们认真解答，并告知他一些他不知道的川菜细节。虽然后来发出来的文章不长，但这位担担面爱好者编辑的采访却持续了近半小时，之后又和我通了若干封邮件核对信息。

以上两篇报道还不算正式评论。七月初，差不多开业快一个月时，我收到《纽约杂志》的邮件，说杂志首席食评人亚当·普莱特（Adam Platt）要正式评论我们，想再派一位摄影师来拍菜品和环境。我当然答应了下来。

亚当·普莱特之前来过三次。第一次是他朋友带来的，第二次是他自己，评论之前，他还带着曾出使中国的父母来吃过。专业且讲究的食评人是不会只吃了一次就写评论的，吃了一次就写那叫"初印象"，连推介都算不上，职业食评人要吃上两三次，午餐来，晚餐也来，把菜单吃得差不多了，也了解了餐厅环境和服务的种种细节，才算做好了写评论的功课。

7月18日发布在网上，之后又出现在杂志上一篇名为《进步的中国人》("Progressive Chinese") 的正式评论文章里，亚当·普莱特给出了罕见的三星。他认为，"好面馆"无论装修、菜式还是口味都一改前几十年来纽约人对中餐的陈旧印象，一切都是新的，也是真正好吃的。

他写道："当纽约人已经对味道乏善可陈、适合外卖、具有地方特色的中餐习惯甚至麻木时，中国的餐饮文化却在以光速进化。在 60 年代左宗棠鸡抵达纽约之后，朱小姐成为我们窥探这个勇敢新世界的一扇窗。"

* While New Yorkers have been dutifully ingesting the same leaden, carry-out-friendly, regional specialties for decades now, China's culinary culture has been evolving at light speed, and Madam Zhu's is our first window into this brave new world since back in the glory days of the '60s, when General Tso's made its sainted pilgrimage west from the restaurant kitchens of Taiwan.

在他的评论之后，有不少客人慕名而来。

记得有天晚上在店门口烟歇，一对中年夫妇吃完饭走出来，我问他们是否可口，他们说很好吃啊，是看了评论来的，问我开张多久了？我说一个多月吧，他们说，一个多月就被评论了，干得漂亮。

继《纽约杂志》之后，《纽约客》也来评论推介了。与《纽约杂志》和《纽约时报》的长篇食评不同，《纽约客》的文章小而精，和每周的酒吧介绍放在一起，起了一个暧昧亲昵的专栏名叫"Tables for Two"（《双人桌》）。巧的是，写"好面馆"的 Jiayang 是重庆人，来美国之前，曾在重庆度过短暂的童年时光，很能吃辣，所以她在来了三四次把菜单上的菜吃遍之后，就决定写我们。

这篇评介采写的过程中，Jiayang 电话采访了朱女士，然后和我就花椒在川菜中的作用进行了探讨。后来评论中，她写花椒的这一句可以算是类比的典范，我特别喜欢："花椒对于四川人来说就好比橄榄油对地中海沿岸居民的意义：无处不在且必不可少。"

*Sichuan peppercorns are to Sichuanese what olive oil is to Mediterranean: quintessential and compulsory.*

《纽约客》的评介 8 月 29 日发布，那一期的封面是桑贝的画，一群人站在海边看海，目送夏天结束。但夏天结束了，皮特·威尔斯（Pete Wells）还没有来。大家都知道，他不会去写一家还没人关注的新晋餐厅，但在这一连串报道之后，他不来也不太合适。

其实那期《纽约客》出刊的时候，我已经有预期《纽约时报》会正式评论，因为皮特·威尔斯在八月中旬已经来过了。他来那天的情形，只能用"因缘际会"来形容。那是个星期三的晚上，我的犹太朋友也是代理艺术家麦拉·卡尔曼（Maira Kalman）的画廊老板 Julie 要跟一位博物馆策展人和她的侄女来吃饭，她们都是我的朋友，很久没见了，必须去打个招呼，陪他们聊聊，就夏季菜单给一些点菜建议。

Julie 预订七点半到，但是快七点半的时候，发短信来说她们要迟到一会儿。到的时候，已经快八点了。我和她们打完招呼坐下，说了一下菜单，然后准备到前台领位的地方跟经理交代两句就撤。往前台走的时候，眼睛余光扫到了坐在前厅和主就餐区交界处墙角植物下的一个人。皮特·威尔斯？我又站定回头看了下这个人，以自己一个认脸达人的判断来看，基本确定是他。网上流传的他的大头照很少，除了一张面目和善的照片，便是一张表情看上去很不好伺候的。这张照片我看过很多遍，就跟看他写的食评一样，已经记得很清楚了。但是真人比照片看上去平易近人许多，穿着格子衬衫。

我走到前台，问曾经在别的地方工作时见过他的经理，坐在那儿的家伙是不是皮特·威尔斯，她也一下子警惕起来，朝皮特·威尔斯看了一眼，然后说像，但以前见到的比这个胖。我说照片上没有胡子，这个有一点点络腮胡。我突然想起来有个朋友在《纽约时报》工作，也在美食版，于是短信问她，皮特·威尔斯现在有胡子吗？她回我，他去餐厅了？我说有个人很像他，但是有点胡子。她说，他有一点络腮胡，但是又称不上络腮胡（"sort of"）。她回我以后，我就更确定了，于是跟经理说，八成就是他。她

立刻安排了一个得力的服务员带陆续到齐的皮特·威尔斯一行人入座，坐在我朋友们那一桌旁边。接着我们就跑到厨房去告诉大厨们，本城最权威的食评人，"宇宙中心"最有影响力的报纸的食评人，来了，坐在古董吊灯下的 26 号桌。

我假装没事一样坐回 Julie 那桌，告诉她们我觉得隔壁 26 号桌坐着皮特·威尔斯和他的朋友们。Julie 说："真的吗，天哪，我都替你们紧张！"策展人女士也说："天哪，这可是大事。不过我和皮特·威尔斯吃过两次饭，我认识他太太。"策展人转身看了一眼邻桌，转头低声说，那就是皮特·威尔斯。至此才算肯定了我这个认脸达人的判断。他没有提前订位，等位登记也没用真名。

皮特·威尔斯坐下后点了一壶乌龙茶，我帮他泡的，倒茶的时候还有点紧张，就像《哈利·波特》里的学生，第一次在斯内普面前表演魔法，生怕变错了。其实他本人十分温和，说话声音很小。他们一桌五个人，八点半坐下，点了很多菜，一直吃到十

点半关门以后，最后只剩下他一个人付账离开。无论《纽约杂志》《纽约时报》还是《纽约客》的作者，为写正经的食评文章去吃饭，必须自己付钱，因为有小票才能向机构证明是自己来吃的，并非吃公关推介饭。

像皮特·威尔斯这样一篇差评可以毁掉一家餐厅，一篇好评就可以成为新闻的人，在成为《纽约时报》食评人之后，就主动和所有大厨保持距离。其中包括之前和他熟识的 David Chang，现在他俩即使碰到，都只会交换一个眼神或表情，表示我知道你来过了。皮特·威尔斯是这样解释的，"和你随便就可以毁掉的人保持友好是十分危险的"。

以上这段话，出现在9月第二周的《纽约客》杂志里，这期有一篇皮特·威尔斯的特写，题图看上去着实吓人，上面描绘的皮特·威尔斯像个神经质的连环杀手，只不过他杀的不是人，是餐厅。在这篇特写里，作者还引用了皮特·威尔斯一位朋友的话说："一家有上进心的纽约餐厅理应有辨认出皮特·威尔斯的能力，这是餐厅做

事讲究、细致的一项标杆：如果他们认不出他来，那很可能就忽略了一个重要的细节，因此可能也会忽略其他重要的细节。"看到这段话时，我长舒了一口气，至少该注意的细节，我注意到了。

《纽约客》这期杂志出刊的时候，皮特·威尔斯已经来过第二次了。第二次是中午，我不在，朱女士在。他话不多，留下字条要我们联系编辑安排拍摄。当天晚上编辑就联系好摄影师，过了几天就来拍了。那天店里生意不错，记者拍得用心，用了快两个多小时，拍了环境，还拍了大厨们工作。我告诉客人，这是《纽约时报》的记者，他们都一脸兴奋道：这么说来，皮特·威尔斯要写你们了吗？他会给几颗星？来餐厅就餐的本地客人还是十分认可皮特·威尔斯的权威的。

他给几颗星到底有多重要呢？对一家正式开业三个月的餐厅来说，甚至比米其林还重要。《纽约客》那篇特写里提到，皮特·威尔斯给两颗星已经足够好，给三颗就是特别好。"保二冲三"大概是很多对自己有信心的餐厅

的预估。最后我们拿了二星，那篇评论发在了 9 月 6 日的《纽约时报》上，也是全篇赞美，皮特·威尔斯写得相当细致和巧妙，此处只摘一段，翻译大概也不足以传达看原文时那种赏心悦目、恨不能立刻尝到的快感：

"大厨们都是大师般的煎炸行家，掌握诠释脆皮的多样变化的绝技。苔条鱼柳的脆皮柔软如面包渣，是海苔粉的绿色渲染出的淡金色。这层脆皮便是中间细嫩鱼肉的柔软的拍档。

"而脆皮辣子虾球的脆皮就更硬脆一些，接近炸鸡的脆皮效果，上面沾着炸香的干辣椒碎。在软的鱼柳脆皮和硬的辣子虾球脆皮之间，是脆皮豆腐极薄的表层，就像炸 mozzarella 奶酪条，无数次精制才有的结果。"

开店三个月就获得了一系列主流

*The chefs are virtuosic fryers, able to express many nuances in the simple language of crust. The coating on the fish fritters is almost as soft as cake crumbs, a pale gold tinted green by seaweed powder. It's a subtle partner for the delicate fish inside.
Crispy shrimp sauté has a more rugged crunch, almost in fried chicken territory, with dark, thrilling slips of dried chiles clinging to it. Between the two extremes are the wonderful cubes of creamy tofu inside a crisp and ultrathin shell; they're like mozzarella sticks refined to the nth degree.

纸媒的推介、著名食评人的正式好评，不仅餐厅自己的 Instagram 账号持续有新人关注，那些媒体的账号也会发我们的食物照片……这并不是所有餐厅都能有的待遇。《纽约时报》在每次评介后都会进行推送；《纽约杂志》更是找着机会就发与我们相关的内容；这两家媒体的编辑和创意总监都关注了我们的账号，大选开票日和投票之后，我都发了面的内容，他们的记者十分好奇，最后做了一期讲大选结果出来以后如何靠吃好吃的安慰自己的推介，题图是我们的担担面。此外，《福桃》、线上点评类应用程序 Infatuation 等，都时常提到我们餐厅。在这方面，我的计划是要不时出现在很重要的媒体和社交网络上，同时也保持在一些 KOL 那里的曝光频率。

有一次，Infatuation 的社交媒体账号发文表扬纽约最热餐厅的公关团队工作出色，我看了觉得十分有趣，因为我们没有团队，就是我自己。餐厅社交账号都是我来管理，除了换菜单时候会用摄影师拍摄的照片，日常更新都是我来撰写。但我不喜欢硬推，想要保持我们餐厅特有的姿态，也就是不那么急切的态度。

有人可能会觉得管理社交账号就是发发内容而已，其实不然。要发布及时的又能唤起共鸣的图片和内容，一定要多看，多琢磨，没有别的秘诀。记得当初开业，我的犹太家长想介绍我认识一个专业公关，让她培训我一些社交媒体营销（social media marketing）的东西，但后来她再来吃饭的时候说："好吧，你不需要公关公司，这些已经超出了公关公司所能做到的。"

觉得难吗，也说不上，但压力是有的，毕竟说到底，我在商学院读了一年就转去学历史，没想到会做这些。但还好我并不死板，历史系那些严格的阅读和写作训练让我完全胜任了文字创意部分。我会尽量把菜单的开篇写得有意思一点，至于其他创意，比如随便画一些东西，画试吃菜单，以及靠个人关系带来的媒体关系，只能说"因缘际会"是个好词，以及我确实还是有用的，脑子好使。而结果嘛，至少对公关这行和纽约市场有了解的女

朋友还有家长都说"干得漂亮"。但要说这年工作的收获，可能更多是训练了脾气，也见识了真正专业的媒体和食评人工作时的严谨与讲究，并做到了和他们的工作对接匹配。

获得好评之后，餐厅客流量增多，采访和报道也维持在一定节奏。常看见有年纪大的顾客拿着杂志内页，或者打印的《纽约时报》的页面前来就餐。甚至住在附近的某著名男演员，都是看了《纽约杂志》的食评兴奋地前来吃面的，《纽约时报》评论之后，还不忘发来贺电。紧接着，十月初，《华尔街日报》的作者也写了一篇专题报道，讲纽约中餐革新浪潮的代表，题图是俯拍的餐厅长桌。

纷至沓来的好评、各种媒体曝光和社交媒体上的口碑，是肯定也是压力。必须日日保持水准、不断进步才配得上"进步的中国人"的称号。虽然朱女士和大厨们定的菜单在开店前试了两年，但每一季还是会根据食材和本地客人的偏好进行修改和更新，试菜的活动也是一轮又一轮。每周还会有匿名访问的顾客，对就餐体验、前厅后厨各种细

节进行评估。<u>所有这些都证明做好一家餐厅，是一件具体的事。</u>

12 月 8 日早晨，我起早等花店老板来做节日装饰。想起来去年这天，我们还在这里刷装修围挡，把门脸的玻璃围起来，一晃，已经开业半年了。过了几天，《纽约时报》派了一位谦逊认真的摄影记者来拍三百六十度全景录影，她告诉我们是美食版的年底总结文章要用。她拍摄了将近两个小时。我查了她的网站，她拍过很多特别出色的新闻照片。她当时听到我们在前厅讨论当晚的订位情况，笑说自己鲜少吃得起需要订位的餐厅，那时候我特别想留她下来吃饭，可是又清楚，作为新闻界的灯塔，《纽约时报》对员工的要求是极其严格的，摄影师是只许拍不能吃的，只好作罢。

她拍完之后一周的周二，也就是 12 月 13 日，皮特·威尔斯的年度新餐厅 top 10 出炉（一般食评都是周二发在网站上，周三刊登在报纸美食版）。得知这个消息的时候，我正在和与他同部门的同事短信讨论什么时候另一位编辑来拍摄 Facebook live 的做菜直播，对方突然插播一句，恭喜！我问发生了什么？她说，快上网看啊，第七！原来，开业仅半年的"好面馆"排名第七，皮特·威尔斯说他还会再来吃，看看到底煎炸的种类有几种。第二天，我买了纸质的报纸回餐厅，朱女士则立刻试菜，召集后厨全员开会，要求保持水准，精益求精。毕竟我们拿的是《纽约时报》的两颗星，以前是有餐厅第一次被评论拿两星，若干年后再评变成三星的。进步的中国人还有进步的余地、提高的空间。食评人走了，还有不散的筵席。‖

31

# 吃不好不开心

Eat for Fun

四川泡菜，Szechuan Pickle

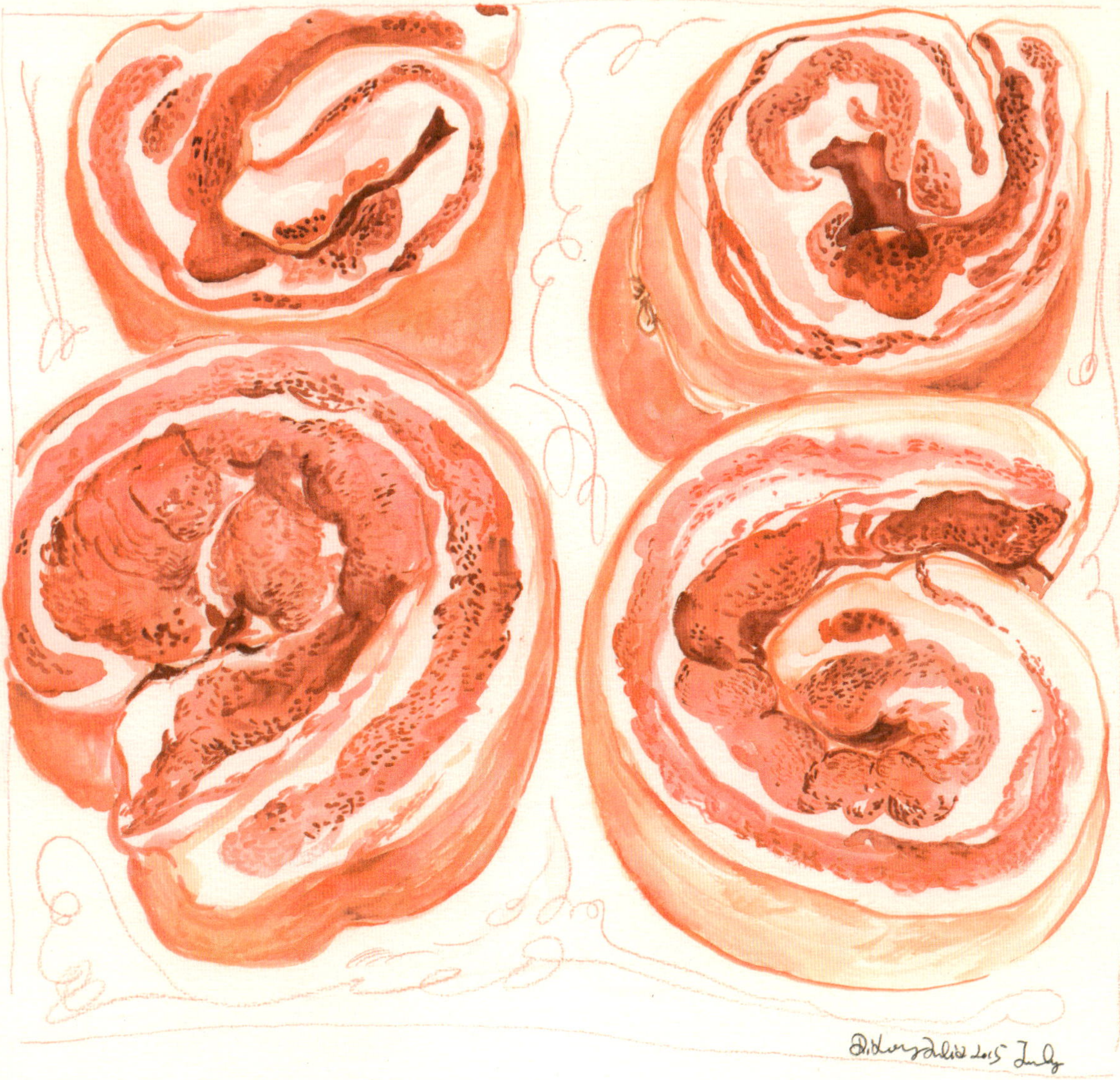

市场，Food Market
三种酱，Three Sauces

意大利菜，Italian Food

北京涮肉，Peking Hotpot

早茶，Dimsum

DiLang 2019

早晨的咖啡
Morning Coffee

秋天的桌子
Fall Table

櫻桃蛋糕
Cherry Cake

芭蕉叶
Musa Leaves

运动为吃甜食
Exercise for Dissert

# 专业外语课

## The Translation Class

今年上半年有两个翻译的工作要做。一是翻译帕蒂·史密斯的小书《奉献》(*Devotion*)，一个是《巴黎评论》作家访谈合集里的女作家访谈（琼·狄迪恩和希拉里·曼特尔）。接下这两个工作都没犹豫，一来三位作家我都喜欢，二来我需要这两个deadline让忙碌无序的生活有一点秩序感，让作息变得规律又灵活。再有就是怀念大学时的专业外语课，一直觉得那是让人获得很好训练的经历。

我本科在南开大学，大一在商学院，后来转去学世界历史。世界历史专业一直到大三都有专业外语课，后来研究生第一年出国之前也有。

大一大二的专业外语课是一位老教授教的，他的老师是西南联大毕业的雷海宗。每周两次专业外语课，写作业的时候，教授要求大家在笔记本上隔行写，念一遍，再修改，然后再顺一遍写下来。至少我是这样理解老师的要求的。有时候要到抄第三遍，才能达到自己满意的流畅通顺的效果。

文章是改出来的，翻译的文章更

是。那时候绝大部分学生都严肃对待专业外语课，因为教授水平高且严厉，完全无法糊弄。每次上课，教授都随机抽人起来念翻译的段落，随机喊停，要站着听他点评和提问，答不上来就一直站着。随机点名没有规律可循，所以每一句都最好认真准备。有时候即便自己已经翻译好了，自信满满，但听老师分析前面同学的翻译，也很可能发现自己的文本有问题，现场慌忙修改。

历史学院念书的时候，我上所有的课都不紧张，准备好了，该看的资料都看了，不在要求范围中的也看了，就没什么好紧张的。但专业外语课上就是非常紧张，即便从来没有过答不上来被批评的时候，每次被叫到，还是要出身汗。

尤其记得我们讨论过一位传教士翻译的《论语》，既要分析论语中翻英的合理性，又要研读传教士在大段注释里对文化、历史和词汇的注解。现在想来，教授在训练我们对古文的理解和翻译之外，还有一层要训练大家治学严谨的考量。另一篇印象深刻的

作业，是翻译修昔底德的《伯罗奔尼撒战争史》中的伯里克利的墓地演讲。这篇演讲的翻译讲了好几周，教授不仅讲了英译本用词的精道，还讲了历史背景和雅典人的精神，最后把这篇和林肯的《葛底斯堡演讲》进行对比，点明经典在现代的传承。

这大概是本科最精彩的时光。总之在专业外语课堂上被"虐"之后，觉得自己转系是正确的决定。人不就应该在年轻的时候，在最好的教授的指导下，读最经典的文章，然后专心对文本和翻译咬文嚼字吗？这就是我想要的，商学院的那些课满足不了，所以现在依然不后悔十四年前转系的决定。

那两年的专业外语课让我养成的习惯已经改不了了，所以翻译帕蒂·史密斯的书的时候，依然是先看文本，隔行写一遍，再查拿不准的词，再写一遍，然后在空白处改，最后打出来。教授对我们的严格要求让我对翻译的水准有了自己的把握，会在一次次的隔行抄写和字字斟酌中判断如何算是最通顺和"信达雅"的翻译。

读书时的论文指导老师也像专业

赶稿猫，Craming for Deadline

外语教授一样严格。大四写毕业论文，我的一手资料和二手资料都是英文的，论文初稿里很多地方都有翻译腔，特别别扭。拿给指导老师看，他就返回来给了四个字：请写中文。于是我又花了一两天时间把文章从头到尾重新调整一遍，过程当然紧张又痛苦，但是在此之后就形成了对翻译腔的敏感。

后来到美国念书，那几年，上课用英文，讲课用英文，写东西也用英文，养成了习惯，凡是看得懂原文的书就看原文，很少再买翻译作品了。但最近这一两年，看了索马里和我的编辑编的书之后，发现她们选译者都相当考究。夏天读《光年》，翻译得很

好，觉得看翻译得好的作品一样赏心悦目。翻译得好的村上春树不也一样看了吗。

于是最近接下这两个翻译的任务后，我就开始反思，其实有条件看原文且几乎无障碍的人还是少数，但是希望得到好作品的人却有很多。翻译就是传播和影响，如果翻译足够好，就能给读者带去新的启发、故事和经历。

我接下这个翻译的工作，还因为我自认"行有余力"，能安排出时间把这件事做了，这件事带来的适当的压力也有助于我安排和集中时间去做别的工作，在其他碎片时间画画或干自己想干的事。

翻译对于译者来说，也是深入了解文本的过程。有阅读原文习惯的人读书时没有在大脑里进行翻译的过程，而是直接按照英文的逻辑在思考，因此根本不会去深究每个词每句话的含义，有生词也对阅读没有大碍。但翻译不一样，翻译要为每个词和每个习以为常的语句找到对应的、合适的表达，还要从作者的风格去考量译文的风格。所以翻译对我来说，也是一个

令人平静的思维训练，是很有乐趣的
事，也可以看成一种有根据和基础的
再创作。

编辑朋友们找到我的时候，都会
提醒我说翻译稿酬不高，问我是否介
意。我是真的完全不介意，我最期待的
莫过于书好好翻出来，回纽约时把它当
面送给帕蒂·史密斯，仅此而已。

翻译的过程中，当年教授的严格
要求和训练谨记在心。现在回过头看，
当年他们严格要求，自己认真上课去
达到他们的要求，不过就是为了把自
己喜欢的事、自己选择的事尽力做到
最好。这是基本的讲究。

# Museum Visits as the Routine

## 去美术馆是个习惯

# 去美术馆是个习惯，
# 日常洗眼洗心的习惯

Museum Visits as the Routine

2020 年 2 月，在国内疫情还挺严重的时候，我和一个国内时装品牌合作的春夏系列开始准备发布。拍宣传片之前，品牌想要我画一组以正常生活为主题的画作为拍摄素材。

在那组画里，我画了一张看展主题的画。画这组画的时候，所有我去过和想去的美术馆都因为疫情暂时关闭了，不知它们何时才能重新开放，也不知何时才能重新看到那些让人兴奋又头疼的排队看展场景。我甚至开始担心以后小朋友们的成长记忆里，

博物馆体验会是另一种保持安全距离的安静模样，而那些让艺术圈人士走断腿的展会也不再有机会在预览第一天的社交超载中暗藏惊喜和轻蔑。

我一直相信，除了阅读，培养小孩去博物馆和美术馆的习惯也同样重要。博物馆和美术馆就是立体的图书馆，这里有真实的历史，也有虚构故事的历史。拥有好的博物馆和美术馆系统的城市，为小孩子们提供了更为多元和公平的教育场所。在这样的城市里，谁都可以和那些或重要或前卫

或古老的东西近距离接触，迈出平等艺术教育的第一步。

虽然博物馆对于小孩来说是个教育场所，但要让孩子们养成去博物馆的习惯，却需要让那里变成一个轻松愉快的日常去处。毕竟去博物馆不是去上课学习，不应该有太大压力。只有不注重结果但又激发了孩子们的好奇心，才会让他们对这些看上去严肃深奥的地方有所向往。至少对我来说是这样的，虽然我也知道自己的经历可能对很多人来说算是奢侈的幸运。

我的外祖父母在重庆的博物馆系统工作，我上小学前以及小学早几年课业不重的暑假都和他们一起度过，所以泡在博物馆是我的日常。最开始是外公外婆领着我逛，后来熟悉了就自己逛。记忆里的重庆历史博物馆和自然博物馆大部分时候都是空荡荡的静谧场所，有一种适度的阴森，但不至于让人害怕，毕竟外公就在一声呼喊之内的地方。

那时候，我熟悉每一个展厅和走廊拐角处可能碰到的骇人展品，喜欢想象铜镜里冒出古代女人的脸，也喜

恐龙化石，Dinosaur Fossil

欢爬进悬棺藏起来，更喜欢看陶罐，质朴敦实有安全感。当然，和所有小孩一样，我最喜欢的是自然博物馆里的恐龙化石，它们是巨大的朋友。但比大部分小孩幸运的是，我可以常跟着外婆进仓库摸到化石和恐龙蛋。有时候化石被借去别的地方展览，外婆就需要把化石翻模做成复制品放在展厅，那是件我可以耐心看很久的事情。

待在博物馆的日常让我很小就习惯了自己和自己玩。一个人看展是最佳选择，若结伴看展，对同伴的要求

不免就会高一点。这点偏好与儿时博物馆里的寂静不无关系，但那种寂静是不正常的。我的家乡并没有将去博物馆融入青少年的城市生活和教育，所以我记忆里的博物馆是属于我自己的。很多年以后搬到纽约，我常去自然历史博物馆看展。每次展馆里都拥挤嘈杂，满是兴奋地叫着乱蹿的大大小小的孩子。这才是自然历史博物馆该有的样子。

当然，我个倚认安静看展自然是一种更舒适的体验，但在现在的心境下，我最怀念的还是在美术馆和博物馆里遇到的各种各样看展的人，以及那些和我一起看过展览的新老朋友。不管出于怎样的目的，人们相聚在博物馆和美术馆的空间里，实现了陌生的相交。这是人与人产生的奇妙"联系"——"那天你也在那里?我也看了那个展览"。而促成这种联系的媒介就是博物馆和美术馆的空间及其中的展品。

# MoMA
## Museum of Modern Art
### 纽约现代艺术博物馆

最近一次回纽约的目的是去看扩建后的现代艺术博物馆（MoMA）。计划最后完美实现，统共去了三次新修好的美术馆，把扩建后的所有楼层都仔细逛完，把新装修好的咖啡厅的甜品吃了个遍，把新的构造和地形也熟悉透彻。

第一次去的时候，碰上顶层大展厅有一件每小时现场表演一次的装置表演作品，于是就算好时间等着看。这件偶然决定看的作品，成了那次看展印象最深的体验。这件作品名叫《断层线》（Fault Line），由珍妮弗·阿洛拉和吉列尔莫·卡萨迪利亚所创作。表演开场的时候，两个路人穿着的男孩突然从等候的人群里走出来，跳上空间里摆放的不规则的雕塑石块，开始男高音对唱。他们唱一段就各自换一块石块，且你一句我一句的对唱的激烈程度逐渐变强，就像两个人在争辩对峙。整个表演过程中，有的观展者和我们一样不赶时间又足够耐心好奇，从头看到散场。也有观看者只是看看就走开了，反正也没有人要求他们看完。很多观光客则连看一个表演的时间都没有。有一家人抱着还不会说话的婴儿站在我们附近，婴儿大概是被气氛紧张的对唱吸引，竟然安静地看完全场。如果不看作品说明，就不会真正懂得这件当代装置表演作品想要表达的观念和深意——这些石块和男孩们的对唱代表了不同地壳板块和地缘政治的对抗状态。但这似乎并不重要，在我看来，这是一件很完整成熟的装置表演作品，能够引出在创作者所意图的阐释之外的种种理解。

最后一次是回北京前一天的下午，是在闭馆之前两个小时去的。那天纽约飘着十二月初的冷雨，天气预报说夜里雨就要变成雪。大概是天气湿冷的缘故，美术馆里全是人。排队买票的、取存衣服物品的、等雨停下来的、逛设计商店的，人来人往，构成了一个适度混乱但有序温暖的场面。天气变化并没有影响到人们看展的心情。展厅里灯光暖白，而设计商店里弥漫着更黄一点点的暖光，在阴雨天灰蓝的城市色调映衬下像个发光的黄色方盒子。当然，也可能是自我感动造成的错觉，但站在飘着冷雨的对街看过去，美术馆的立体空间自成一体，从中每个人都能找到自己想要的，看到自己想看的，获得自己的理解，甚至得到自己的启示。

不同于曼哈顿其他美术馆，现代艺术博物馆是位于中城的大美术馆。从展厅角落或楼梯间的落地玻璃看出去，层叠参差的楼宇时时刻刻提醒着你的位置：你正在一座高速运转的城市的心脏部位看艺术。建筑空间的隔音条件很好，听不到城里的嘈杂，没有汽车鸣笛，也没有警车、消防车的警笛。美术馆里有个雕塑花园在春夏秋季开放。花园里有户外雕塑、小水池、好看的树木和散落的椅子，是逛美术馆间隙小憩的好去处。有人坐在花园的铁椅子上，有人坐在台阶上，有人发呆，有人写写画画，也常有人睡着。

\* 在我看来，MoMA 也是纽约最好吃的美术馆。一层在面对雕塑花园的地方有米其林餐厅，the Modern（希望它在经历疫情后可以活下来）。中间楼层有咖啡厅和简餐餐厅可以吃，它们菜单设计精练，甜品甚好，是看展之前、间隙和之后补充能量的好选择。

我在这个花园看过书、写过日记、谈过恋爱，夏天有音乐表演的时候，还在花园里喝过酒、吃过冰淇淋，甚至跳过舞。花园里听得到城市的杂音，但又在心理上隔开了城里的忙碌和压迫感。记得十几年前的冬天，在第一次在这里看到凡·高的《星夜》之后，我站在二楼的走廊里给约会的男生打电话，当时他还在电话里说起了那首唱星夜的歌。这算是年轻时偏执纠缠的关系里最温暖的时刻了。多年过去，路过那个走廊，不管它怎么调整，我总会想起那个冬天中午打电话的场景。

## Met Museum
### The Metropolitan Museum of Art
大都会艺术博物馆

现代艺术博物馆就像是好友的家，在曼岛城中办事，随时都可以进去走一圈。很多作品常看常新，永不会腻。相较之下，大都会艺术博物馆则更像是供人自学的学校，在那里可以看到世界的历史。由于地处上东、毗邻中央公园，住在城中其他地方的人去一次仍需要一点小决心。在电影《纽约，

我爱你》里，有个女生抱怨男友从不带她去旅行，而男友说，我可带你去中央公园了！大概就是这个意思。但就算这样，以前住在下城的我每个月至少也要去个两三次。

大都会艺术博物馆若要在一天之内认真看完根本不可能，我去了很多次才走全所有永久馆藏展厅。拥有该博物馆的年卡就仿佛是在这座城市长久居住的证明。古希腊罗马馆里有尊长得像伏地魔的古希腊雕像，这是我每次带朋友来参观都要重点指出的雕塑。路过许愿池时，我每次都要扔几枚硬币进去。我还在这个区域的特展区遇到过伍迪·艾伦和他的太太看完塞尚特展走出来。那次我恰好带了他的一本书，便斗胆拉住他要了一个签名。

博物馆的古埃及馆里有一面面向中央公园的巨大落地窗。窗内侧是一座古埃及神庙的遗迹，窗外面则可以看到公园里四季的变化，秋天黄叶时节尤美。在电影《当哈利遇见莎莉》里，哈利第一次蹩脚地提出约会邀请却被拒绝的场景，就是以落地窗外面的秋天黄叶为背景的。如果我的朋友

们去，我会提醒他们二层日本馆的展厅里有一个小窗户。从那里看下去，可以看到神庙的展厅，看到落地窗外的景致倒映在围绕着神庙的水池的平静规律的波光上。春天到秋天的晴天落日则最好到博物馆的屋顶露台上看，每年都有不同的艺术家在那里设置一件作品。这些都是我会分享给第一次去博物馆的朋友的观看建议。他们还可以在二层的咖啡厅买咖啡，看着一层人来人往，并在古埃及馆里找到大都会的吉祥物河马威廉。

但真正能从这些建议里找到乐趣的人并不多。有些人去博物馆是为了寻找所谓"干货"，他们不知道建筑与展品的互动、策展的小心思以及一些角落带来的快乐是容易忽略的。有些人则是走马观花地打卡，对他们来说，一切都只是表面的背景。记得有一次，一个女性朋友给我介绍男友，对方是在纽约读书然后留下来的金融男。我在去了博物馆之后赶到餐厅，略有些迟到。我慌忙坐下道歉，不小心从包里掉出一本《纽约客》。男生问我这是什么书，我答是一本杂志。紧接着男

生问我去的"the Met"是什么，我解释说就是大都会艺术博物馆。他笑着说，就是上东那个吧，来读书第一年去过。然后这顿饭实际上就已经结束了。虽然都撑到了甜品吃过咖啡喝完，但我的朋友完全明白，我不可能跟一个在纽约六七年却只去过一次大都会艺术博物馆且不知道《纽约客》的男人约会。

所以我只会把个人看展经验分享给那些不只是"看"，而是能够"看见"的人。泛泛看的人更多地是去景点打卡，或和展品拍照。社交媒体的兴起促使博物馆和美术馆为了生存推销自己，也让人们看展的目的有了多样性。很多博主会推荐如何在展览上拍得好看，如何穿搭，如何摆姿势，却忘记了去看展览本身。

虽然看多了此类内容会有些反感，但转念一想，这恐怕就是博物馆和美术馆空间的民主之处吧。你可以在空间规则允许下跟展品展开各种互动，哪怕它们只是作为背景和谈资，而没有得到深入了解和认真观看。每个人怀着不同的目的去博物馆，无法强求

所有人都用同一种方式去看。没有压力才会变成习惯。

回想所有有印象的看展经历，还是独自或与某些密友一起看展最舒服放松。即便是和相当合拍的约会对象或男友看展，也总有意想不到的尴尬和不便。尤其是那些原本只是像空气那样互不影响看展的异性好友，一旦变成恋人，一起看展览也一下子变得不那么好玩了，"我需要给他解释""他要不要听我解释"等问题随之出现。不从事文化艺术的男友看展时总期待你给他讲些所谓干货，总想学到点什么，虽然在我看来，很多时候去看展览只是一种洗眼睛的无所事事。我都不让你帮我拍照了，你还要求我做功课给你讲课就有点过分了。

当然，专业圈内男友或约会对象更不是省油的灯，总会拉着我听他的阐释和探讨。但我看展真的不想在现场讨论太多，就想按自己的节奏看，于是场面就僵持不下，觉得互有亏欠。有一次，某位约会对象嫌和我看展不够认真仔细，我又不好好听他阐释，便后来自己又去了一遍，还发给我看

他的笔记。殊不知第一次去看那个展的时候，我已经被他唠叨得头疼。当时觉得十分恼人可笑，但现在想来都是有趣的回忆。如果看展对我们彼此来说不是习惯，那么也留不下这些回忆了。

随着疫情在国内逐渐缓和，上海和北京的美术馆、画廊陆续开放了。5月20日，尤伦斯恢复营业，展览开幕，人们纷纷戴着口罩、量好体温进入观展。我和同去的朋友开玩笑说，以前开幕都害怕碰到熟人打招呼，现在好了，戴着口罩没人认识，还可以假装没认出来。然而，看了一圈798新开的展览，不仅被不想遇到的人认出，还碰到了戴着口罩都能认出彼此的前任，尴尬之外竟然还有一丝感动惊喜。社交隔离结束之后，恢复人和人的接触，恢复看展览的习惯，无疑都是些令人欣慰甚至有些新鲜的事。

# 我（有钱了）会收藏的艺术家们

The Artists I Will Collect ( If I Am Rich)

《纽约时报》书评版有个作家问答部分，其中有个常规问题会问受访作家：如果你邀请五个在世或已故的作家参加派对，你会选哪些人?我一直觉得这是个很有趣的问题，可以从回答中看到已经有成绩的作家对于自己的文学偶像（当然，也有人邀请不喜欢的人）比较私人的反应和感情。有的人会觉得，对于偶像，看过他们的书就好，剩下的最好远观；但有的就会觉得，要是能见到本人，聊会儿天，哪怕只是问个问题，都是极大的满足。

同样的问题变换一下，也可以作为采访艺术家时的固定问题：如果有朝一日，你有财力收藏艺术家的作品了，你会收藏哪些艺术家的作品?不用多说，说三个发自内心喜欢、会买来作品挂在自己家里的艺术家，而不是作为投资用途的艺术家。

问自己这个问题，下意识想到的名字最能说明内心感受。我要是有能力收藏，我会买三位艺术家的作品：李·克拉斯纳（Lee Krasner）、辛迪·舍曼（Cindy Sherman）、威廉·埃格尔斯顿

(William Eggleston)。当然，除了他们三位，奈良美智和马克·罗斯科我也非常喜欢。但对于他们，我只能老实买画册，追着看展览，毕竟大师作品价格不菲，还是留给大藏家收藏吧。

为什么是这三位艺术家呢?他们一个画画，两个摄影，却都在我的创作上给予了许多启发，甚至影响到了我的生活选择和遇事心境。前两位执着的女艺术家教会了我，最重要的依然是用作品说话，不用管外界如何解读。了解自己和作品最重要，好的艺术家就是好的艺术家，好的作品就是好的作品。最后一位年过八旬的摄影师则用他的镜头记录下了美国南方的微妙色彩和情绪。那种在别人的照片里看不到的光影、色调和构图，让我记起了在美国南方度过的、现在想来恍然超现实的时光和往事。

发现李·克拉斯纳完全出于偶然。跟所有知道她的丈夫杰克逊·波洛克，也看过由埃德·哈里斯自导自演的波洛克传记电影的人一样，我并不记得杰克逊·波洛克的太太是什么模样。在惠特尼美术馆新馆开馆后不久，我陪一位朋友去看展览。结果朋友和我走散了。我走到抽象表现主义的永久馆藏展厅，看到十来位穿着上东区某私立高中校服短裙的女孩，一字排开在一幅巨大的画作前，听解说员介绍这幅作品。解说员先让她们观看这幅画，观察和感觉一下，然后告诉她们这幅画的作者是李·克拉斯纳，而她有一个更著名的画家丈夫，杰克逊·波洛克。这幅叫作《四季》(The Seasons)的作品，是克拉斯纳在丈夫车祸去世后不久，搬到他们一起租住的、位于纽约上州的农场的仓库工作室时创作的。

我还记得那个解说员说："你们要知道，克拉斯纳也是一位很有天赋、造诣很高的画家，但丈夫在世的时候，她把生活和创作的重心都放在了丈夫身上。夫妇二人租住在一处农场里，仓库是丈夫的大工作室，他在那里完成了他的代表作。克拉斯纳只能在卧室里作画，画小型的作品，但她没有停止作画。在丈夫死后不久，她搬到了丈夫的工作室，在悲痛中开始创作更大幅的作品，在更大的空间中，更自由地创作。这幅《四季》就是那个时候的作品。你们可以看到它充满了生命力，是一种重获新生的感觉。虽然听上去有些讽刺，但她跟她的丈夫一样，也是重要的抽象表现主义艺术家。"我后来从传记和评论文章里读到了更多关于李·克拉斯纳的创作和生平的故事。我发现，哪怕当时第二波女权运动风起云涌，在艺术圈里，女性艺术家仍然得不到完全的重视。但这些大环境的忽视以及婚姻里的不平衡和不幸福（她丈夫车祸去世时，车上的生还者中就包括丈夫的情人），都没有阻止这个出生于保守犹太家庭的女人进行创作。或许从她与那个家庭所属的世界决裂时起，她就开始了一种只忠于自己的创作生活，而这份忠于自己里也包括对有才华的酒鬼丈夫的重视。虽然杰克逊·波洛克是当之无愧的大师，但我更偏爱李·克拉斯纳，大概是因为她的画里富有更多的力量，经过复杂的沉淀之后爆发出来的力量。

不同于李·克拉斯纳，我从 13 岁起就开始喜欢辛迪·舍曼了。大约初

一时，我在杂志上读到了有关辛迪·舍曼的报道，其中就有她在 20 世纪 70 年代末所拍摄的以自己为主角的"无题电影剧照"系列（Untitled Film Stills）。想象一下，那是个前智能手机的时代，自拍和修图还是个未来的概念。她试图在照片中抹去自己，创造出另一个吸引人的角色（并不限于女人）。她试图用每一张照片创造出不同的故事场景，用一张照片讲一个故事。尽管创造一个场景、扮演另一个人是一种拥有无限可能性的选择，也是摆在许多人面前的选择，但只有辛迪·舍曼在这方面做得最好。看着她的照片，你看到的是辛迪·舍曼，但其实又不是她。很快你会相信自己看到的是一个全新的角色。从第一次在杂志上看到她的作品到现在，二十几年间，她一直都在拍自己扮演的角色，虽然后来加上了技术处理的元素，但主题依然是她自己。技术的改变、社交媒体的发展、自拍的流行都没有让她的创作显得过时，反而让这些作品变成了一种先锋或反讽。她并不想在镜头前变得好看，她要扮演的是超越

辛迪 · 舍曼
Cindy Sherman

美的概念的角色——丑陋的、有冲突的、矛盾的、想象中的。来到美国后，我从来没有错过她在画廊和美术馆的任何展览。虽然我有朋友总觉得，有了艺术家的作品全集后，当代摄影展看不看无所谓，但我不这样认为。辛迪·舍曼的照片放大之后挂在展厅里，让人感觉就仿佛步入了一个剧场，很多迷你剧正在周围上演。挂在一起的照片现在不是一些毫无关联的静止的存在，而是一股情节起伏、情绪暗涌的浪潮。有时候，这种气氛甚至会让人感到有些害怕。

我着迷于威廉·埃格尔斯顿的照片则有更多私人的原因。在美国读书的第一年，我在纽约的书店闲逛时发现了他的画册。那种美国南方的气息，那种不论有人无人的场景都透露出来的缓慢节奏，让我这个还没有完全适应南方的人，竟然在纽约的书店里开始想念起南方的阳光，甚至那里的一切。他在美术史上对彩色摄影的贡献不需多言，他 1976 年在纽约现代艺术博物馆的展览已经奠定了他的位置。而他最可贵的地方就是观察的方式——不放过一切地看，在那些容易被人忽视的地方发现十分美国和美国南方的元素，发现绝妙的构图和色彩搭配。他另一个值得敬佩的拍摄习惯是，他从来不会对同一个场景反复构图，拍摄很多张，然后从中选出一张。他拿着自己的徕卡胶片相机，一个场景一个构图一张照片。不得不说，这要比那些纠结构图，拍了多张，修出一张，然后还对此沾沾自喜的所谓摄影师厉害很多。离开美国前一年的那个生日，我买了一套他的作品集《民主的森林》（*The Democratic Forest*）。由于太厚太重，后来搬家回中国时，我就把它留在朋友家了。在带不走的行李里，这是唯一的遗憾，以至于到现在，我都在想着要找个什么由头，斥巨资再买一套（国内有售，但要贵上许多）。

以上便是三位我愿意一起开派对，愿意在有实力的时候收藏的艺术家。我最佩服他们的是，他们坚持自己的创作方式不改变，不为市场和资本所动，一直关注自己想要创作的东西，而不论境况如何。而且他们在一贯的创作中，也呈现出了变化。他们同时也是凭直觉去创作的艺术家，辛迪·舍曼也是如此。她想要拍摄的角色和场景是受到了直觉启发的，所以她曾经坦言，她有时候也读不懂那些评论她作品的批评文章。我相信，能够用直觉创作作品，能够产生那种得以创作作品的直觉，也是一个厚积薄发的过程，毕竟大家观看和感知的方式都不相同。‖

# 看不透的美国

America Is Hard to See

在纽约的众多博物馆里，我最不喜欢的就是老惠特尼美术馆。我觉得它展览空间不够大，楼梯窄，窗户少又小，灯光暗，不能上顶层看风景，就像是在不透气的盒子里看展。每次在那里不论看完什么展，走出来总觉得豁然开朗，长舒一口气。但令人惊喜的是，当这个建筑变成大都会艺术博物馆的现当代馆后，由于重新装修策展的重新调整，它竟然变成了我喜欢的展馆。当然，这或许跟负一层空间变成了一家合适的博物馆餐厅有关，但这是后话了。

新惠特尼美术馆在 2015 年搬到了下城西的哈德逊河畔。从那年 5 月初开馆到 6 月，不到八周时间，我去了六次，每一次都有新体验，每一次看后都神清气爽。到现在，它依然是我最喜欢的纽约下城美术馆，也是我最喜欢的以展出美国现当代艺术为主的美国博物馆。

位于上东区的老馆闭馆前的最后一个展览，是艺术家杰夫·昆斯（Jeff Koons）的回顾展。他的艺术生涯是追寻美国梦的典范，没有家世，靠着自己的奋斗从草根变成富有的当代艺术大师。作为老馆的最后一展，这个展览给我两个感觉：美国现当代艺术走到杰夫·昆斯这里算是一个节点，因为他代表了一种美式当代艺术的成功；其次，整个美术馆被杰夫·昆斯充斥商业社会消费美学的作品所占满，过于鲜明饱和、光滑闪光的金属质感的作品让人不免产生眩晕和一点点恶心感。够了，惠特尼在这个建筑里的时间够长了，它需要一个新址去更全面、自由地展现美国艺术。

新馆的首展开幕时，人们都兴奋了起来，因为大家发现，无论是选址还是建筑，新馆都更适合这座美国现当代艺术博物馆。观众首先看到的自然是由主攻美术馆设计的伦佐·皮亚诺（Renzo Piano）设计的建筑。从外观上看，这个八层楼高的新馆还是有点不同于我们对现当代美术馆的印象。

我们已经习惯于现当代美术馆的所谓颠覆式建筑式样，比如各地的古根海姆美术馆、改建自学校建筑的MoMA PS1 分馆以及巴黎的路易威登基金会艺术中心。相较于这些观念感十足、建筑本身的吸引力有时甚至超过其中某些展览的博物馆，体现工业美学的惠特尼新馆似乎中规中矩了一点。新馆的东侧建有几层露台展览场地，其面向哈德逊河的西侧则看上去更像制药厂或医院。但在看过展览后，你就会觉得如此的建筑设计真是全面为美术馆的功能服务的。新馆有八层，每层都有宽敞、明亮、足够高的展览空间。空间东西两头都有大落地窗，从朝西的高楼层可以俯瞰哈德逊河、河畔码头以及楼下的高速道路，朝东则可以看到下城以东及东南的建筑和街道。帝国大厦的尖顶在切尔西区错落的水泥森林中探出头来，提醒着你这是座新的美术馆。它的西侧一片开阔，东侧的景致则定义了它的位置——位于纽约的美国现当代艺术馆。

开幕馆藏展的名字叫"看不透的美国"（"America Is Hard to See"），出自美国著名诗人罗伯特·弗罗斯特的一首同名诗作（埃米尔·德·安东尼奥的一部纪录片也曾以此为题）。展览从数千件馆藏中挑选出了六百余件作品，旨在探讨从 20 世纪初至今的艺术家们如何用不同方式对美国文化做出反应和阐释，包括他们如何在既定常规之内不断革新或对规则和范式提出挑战，而所有这些努力往往与美国政治和社会的变革有关。策展团队的主旨清晰明确：美国艺术史和美国艺术的定义一直在改变，也一直是人们讨论的主题，但不变的是，这些艺术始终是基于不同时代的美国社会背景而产生的。实际上，国籍和出生地并不能完全定义展品和限制展品的选择，于是美国艺术的边界大大拓宽。为了呈现时代与艺术的互动，展览按时间排序是再合适不过的了。从最高的第八层开始，从 20 世纪初开始，逐层向下，直到现在。从中可以看到过去一个多世纪的美国政治、社会和文化背景下（当然，也是世界政治背景下的美国史）的美国艺术，看到创作方式和媒介的扩展以及观念的不断革新，反过来也可以透过这些作品来理解当时的历史和社会变革，看到美国政治和社会史的层层演变和递进。

展览总体上以时间为脉络，同时以作品的风格和艺术家的特点为基础。展览分为 23 "章"，每一章以其中一件作品为题。有些艺术家的作品被分到了不同章，比如乔治娅·奥基弗和爱德华·霍普的作品就分属三个不同章。奥基弗于 1926 年创作的《抽象》（Abstraction）出现在了第二章"受到抽象的形式"里。出现在这章里的艺术家都通过各自不同的方式来表达几何主义和未来主义对创作的影响。他们有的像奥基弗的这幅作品那样，单纯呈现一个抽象的、受到几何主义和未来主义影响的色调和画面，有的则将抽象风格的影响用于创作十分美国的静物和场景，比如鸡尾酒和中餐馆的饭菜。

在同一层，以奥基弗的另一幅作品《音乐：粉色和蓝色 II》（Music, Pink and Blue II）为题的章里，以这幅利用柔和的色调和笔触创作的、关于自然和感官的作品为主，不同艺术家探讨了如何通过抽象画面来阐释音乐艺术与视觉艺术的转换。奥基弗以美国东南部特色的牛头骨为中心的《夏日》（Summer Days），则与霍普著名的

《铁道日落》（*Railroad Sunset*）同属一章。在第二次世界大战前，这些艺术家的作品探索了表现美国特色的人文和自然景观的方式，试图呈现不只是作为一个具体存在，也是作为一个抽象概念的美国。

霍普的另一幅名作《星期天早晨》（*Early Sunday Morning*）则与他的《早晨七点》（*Seven A. M.*）一起出现在以"玫瑰色城堡"为题的一章里。在这里，霍普、曼·雷、乔治·图克等艺术家受到欧洲超现实主义（尤其是达利和马格里特）的影响，利用了不同的方式和媒介来创作超现实主义作品，有些具象，有些微妙。超现实或不符合常规的图像成为他们创作的标志。比如在《星期天早晨》中，纽约第七大道的街景被抽象成了明暗对比和纵横交错，橱窗上和路牌上的指向性文字已经模糊，很像是任何一个美国小镇中心的街景；又比如乔治·图克的地铁站内过于高大的路人。更明显的抽象主义则可以在曼·雷的彩色云朵和拼贴影像中看到。

如果说美国的历史是一个探讨如何定义何为美国人的过程，那么美国艺术家，尤其是那些更直接地通过他们的作品来回应社会变革和文化潮流的艺术家，参与的便是一个定义何为美国的过程。20 世纪 60 年代的波普艺术，利用物质丰盈的消费主义和商品社会中人们司空见惯的物品和图像来挑战同时代的抽象表现主义。这一章就以埃德·鲁沙的《八盏探照灯下的大商标》（*Large Trademark with Eight Spotlights*）为题，其中还包括安迪·沃霍尔的可乐瓶及其"整容"前后的对比、亚历克斯·卡茨的红色微笑、贾斯珀·约翰斯的三层国旗、韦恩·第伯的美味蛋糕，以及罗伯特·贝希特勒的极其写实的美国一家人（他自己一家）。这些作品一方面表达了商品社会的物质文化对日常生活的渗透，另一方面也表达了艺术家在 60 年代的动荡社会背景下对美国梦的反思：物质丰盈的消费主义是否是实现美国梦的唯一标准？

学平面设计出身的埃德·鲁沙所画的巨幅 20 世纪福克斯片头体现了在大电影公司影响下大众文化同质化的

也是明显的。展览就专门有一章来展示女性艺术家探讨女性身体和身份的边界的创作，包括辛迪·舍曼的四张无题电影剧照。对女性艺术家作品的关注和展示使得这次首展更显全面和进步。（后来在陈列六七十年代抽象表现主义绘画的永久馆藏展示区域里，最具吸引力和感染力的作品是女艺术家李·克拉斯纳的《四季》。这幅大画极具生命力和张力，不仅展现了这位女艺术家的思考和力量，也仿佛在告诉观者，比起她著名的、作品昂贵的丈夫杰克逊·波洛克，她毫不逊色，且风格独立成熟。）

在极简主义一章里展出的作品中，

倾向。虽然罗伯特·贝希特勒所画的是自己一家人，但这幅画所引起的共鸣能让人想起住在美国郊区的任何一家人。当然，在六七十年代的社会潮流中，女权主义的复兴对艺术的影响除了人们熟知的、看一眼就知道作者的（比如唐纳德·贾德和理查德·塞拉）作品，还有首次在此展出的埃娃·黑塞的装置作品《无题》（它之前在有太美术馆展出过）。两根打结的绳子浸入液态乳胶，取出后晾干，然后借着天花板上的 13 个点挂在半空中，这样的网状结构打破了展厅里千篇一律的极简主义几何物体的秩序，同时创作出了另一种完整的平衡。黑塞创作的是"不是艺术的艺术"，探寻艺术创作中的矛盾性是她创作的主旨。她在生前未能看到这些绳子被挂起来，而在她去世后，绳子被挂起来展出时的形态每次都不相同。变化和无序是她的追求。绳子随着时间而变得越来越脆弱多变，要求人们在组装时小心发挥，这也是作品的意图之一。

在展览的最后几章里，新世代艺术家在 21 世纪第一个十年的创作中占据了主要位置。陈佩之的影像作品《第一道光》（1st Light）被归在了"帝国的历程"一章中。实际上，在这一章中，这件作品是与社会现实和政治最不直接相关的，但它却能勾起人们对政治事件和宗教的种种联想。在另一章里有一件 R. H. 奎特曼的作品，《令人分心的距离，第 16 章》（Distracting Distance, Chapter 16）。这件作品将一个窗户形状与一张人像照片拼贴起来，然后通过丝网印刷印在一块胶合板上，其中窗户的形状与马塞尔·布罗伊尔设计的惠特尼美术馆老馆的特色鲜明的窗户形状一样，而人像的姿态是模仿自霍普的油画《站在阳光下的一个女人》。这样的挪用和重新创作，无疑是对惠特尼美术馆的历史和代表性藏品的致敬和回顾。

展示惠特尼美术馆最早在西八街的展览空间的照片以及那时的一批垃圾箱画派（城市写实主义）作品的展厅以"西八街八号"为题，位于美术馆第一层，向公众免费开放。展厅入口处挂着那幅著名的惠特尼女士的肖像画。她自己是艺术家和收藏家，是那个时代叛逆而独立的先驱。她穿着睡衣横躺在沙发上，嘴唇微闭，神情倨傲，像是刚刚说完了那句话："男人们活着是为了不断寻找新的刺激，而这也是我想要的。"就是这位富有的女

继承人，为了支持以罗伯特·亨利
（为她画这幅肖像画的画家）为首的、
挑战保守权威的艺术家们，创立了惠
特尼美术馆最早的展览空间和工作室。

　　到如今，惠特尼美术馆搬到新址
已经五年了，也开过两次双年展。只
要人在纽约，我从没有错过一次惠特
尼的展览，而它也几乎从没有令我失
望。我喜欢身在肉库区的惠特尼，喜
欢它远离上东区的逼仄和势利的气氛，
喜欢它楼下的高线公园，喜欢再走走
就到的画廊区。它将下城西变成了一
个更丰富美好的区域。‖

# 在博物馆流汗

Exercising in the Museum

　　去博物馆是件很私人的事情，同时这件私人之事是在一个特定的公共空间里完成的。在这个空间里，专业的研究者和策展人将珍贵的古物、罕见的艺术品以及大师的杰作按照一定的逻辑编排陈列，呈现在观众面前。很多时候，由于展品的历史和价值、呈现和布置的手段以及观看前的预备和预期，人们在观看的时候于是不自觉地带有敬畏的心情。

　　我们为什么去博物馆？大多是为了去观看、去理解、去学习一段历史或一个流派。有目的就有了压力，而美好和放松往往都来自无目的。去博物馆有时候应该是完全放松的体验，没有压力，没有目的，就是单纯地看。

　　我喜欢的插画家麦拉·卡尔曼（Maira Kalman）也这么认为，她认为无目的地看就是一种放松。在纽约时，她喜欢去现代艺术博物馆和大都会艺术博物馆，去博物馆散步就跟在街上散步一样放松。她在去大都会艺术博物馆之前会喝一杯咖啡，在结束博物馆里的散步之后还会喝一杯咖啡。这样一来，就仿佛将逛博物馆变成了一段与世隔绝的经历，一段与外界的喧哗隔开、独享片刻宁静的体验。对她来说，逛博物馆是一种习惯，无关乎提升自己，无关乎学习，更无关乎看得懂的优越感或看不懂的焦虑感。仅仅去看，简单地看就行了，这是一种无目的的快乐。

既然没有目的，逛博物馆就可以变得更有趣。于是在 2016—2017 年的冬天，麦拉·卡尔曼与莫妮卡·比尔·巴恩斯舞蹈团的创意总监罗伯特·萨恩斯·德·比特里合作，在大都会艺术博物馆里进行了若干次集表演、导览和锻炼于一体的"博物馆晨练"活动。在博物馆开馆前，十几名在网上报名买票的参与者穿着球鞋，跟着两位穿着闪亮舞蹈裙和运动鞋的舞蹈家，伴着复古的上世纪的流行歌曲，在博物馆里按照麦拉编排的路线，进行了一次为时 45 分钟、全程 3 公里的晨练。

他们在雕塑前蹦跳，在萨金特的著名油画《X 夫人》前下蹲，全程陪伴他们的，除了舞曲，还有麦拉的录音解说。听着解说，就像她在和你一起逛博物馆；你运动到哪里，她会随性说些她想到的。其实她是个喜欢独自逛博物馆的人，并不喜欢在观看过程中说话或交谈。所以在这个活动中，麦拉是不出现的，只有她的声音出现；她并不是在跟你说话，更多地是在自言自语。

这个在博物馆里健身的过程，不要求学习，也不要求带着目的地看。雕塑、油画及其他古物，都变成了健身的旁观者。有时会觉得它们在看着你，有时又觉得它们无视你的存在——你的感受并不像一个入侵者。早晨的博物馆空荡安静，就像一个巨大的健身房。每个展厅都各有惊喜，绵延连贯。你跟着舞蹈家运动，穿着运动服和球鞋，不必在意逛博物馆有没有穿得庄重漂亮，是否适合拍照。你只需注意跟上她们的步伐和节奏，走进下一个展厅，面对下一个展品，运动流汗。

麦拉的解说是随性的，也是精辟的，而这种精辟来自她对博物馆的热爱和熟悉。当大家来到运动的终点，

*不管怎样，我都认为球鞋是去博物馆看展的最好装备，是比高跟鞋等舒适许多的逛展必需品。感谢时尚观念的进化，现在穿着匡威去展览开幕酒会及晚宴已经不显突兀了。

在博物馆流汗，Exercising in the Museum

在舞蹈家的带领下做拉伸时，麦拉最后的解说也传来了：

If I'm here and I'm alive,
then it's incomprehensible that
I'm actually going to die,
and I don't like to think about
that at all, but I do,
all the time, of course,
as I think we all do.

26

**如果我现在站在这里,而且是活蹦乱跳地站在这里,那么我将难以想象自己实际上终将死去。而且我也根本不想考虑这件事,但当然,我无时无刻不在想着它,我想我们所有人也都是如此。**

原来如此,这整个博物馆晨练的活动,一直都在暗示着生死。你跃动着跑过展厅,跑过那些千年的古物、那些名贵的大师作品。它们的创作者都已经死去,它们的画中人都已经不在,许多站在同一个地方看过同一件作品的人也都已经远去。但这些作品留了下来,作为生命存在过的印记留了下来,陪着你运动,静静地告诉跃动着的人们,死亡与生命就是这么和谐统一的两面。那两位穿着闪亮舞蹈裙的艺术家,便是联系生死的精灵。在运动过后,身体和自我都感到放松和满足的时候,麦拉的解说让人或多或少知道这个活动还有这层意义。

活动的最后,参与者们会得到咖啡、面包和黄油,既作为结束的犒赏,也是麦拉逛博物馆的那种有仪式感的结尾。吃完这些,离开博物馆的空间,

然后回到琐碎纷繁的现实中去。但或许这一次,人们会带走多一层的思考和体会,不论是对于生死,还是对于其他。

在博物馆里进行舞蹈或行为艺术表演,近些年来已经很常见,很多都已经变成观展体验的一部分。但这个在博物馆里健身的活动,似乎比我见过的任何一次舞蹈表演都要好。这是一次真的令人触动的体验,有趣又没有压力,动静、生死皆得到强调,音乐和解说自然而富有幽默感地和谐共存,让人真正意识到逛博物馆也有多种形式和可能。尤其是如今,在全世界博物馆大多暂停营业,日后缓慢开业也要遵从社交隔离新规的情况下,也许这样分时段的、沉浸式的博物馆看展运动会成为一种吸引人的常态。在全球共同经历了疫情久不散去的威胁之后,所有人都太需要为了生命而运动了。在所有逝去的艺术家的作品前运动,是致敬艺术和创造,更是尊敬生命。‖

# 萨拉的白色衣橱

## Sara's Closet

这几年，每当我要面对一些工作和生活中的重要决定时，我都会想起一位已经过世十几年的犹太老太太的故事。这是个没有名也没有什么成就的人，在她活着的时候我也不认识她。但比起去咨询那些大张旗鼓要做些什么的人，或那些自以为成功的人，她已经完结的人生故事给了我更多现实的指导意义。

犹太女人萨拉·贝尔曼（Sara Berman）于 1920 年出生在白俄罗斯的一个小村庄，她整个大家族都生在那里。她有个姐姐叫绍莎娜，她们俩是最要好的。小村庄的生活并不富裕，她们住在木屋和铁皮屋子里。家族里的女人都很忙碌，要操持大部分家务，孩子们则被要求读书认字有文化。

她们的生活里有很多奇怪的偶然。萨拉小时候掉进河里，是爷爷把胡子放进水里把她救了起来。她有个亲戚喜欢看书，有天下午在屋子里看书时，突然电闪雷鸣，结果他被闪电劈死了。但就算这样偶然地死掉了，时间也不会停下来，于是其他人的生活依然继续，继续忙着生活和工作。

12 岁时，她跟随家人移居巴勒斯坦地区，住在特拉维夫海边的小木屋里。再后来，她在白俄罗斯的亲戚们都死于纳粹的犹太人大屠杀。

萨拉一家生活拮据却不失情趣。年轻的萨拉喜欢让她的母亲模仿欧洲时装杂志上的款式手工裁制衣服。萨拉从不缺追求者，但她在二十出头时就嫁给了一个犹太男人佩萨奇·贝尔曼（Pesach Berman），做了主妇。萨拉的丈夫是一位珠宝商，他们生了两个女儿，然后在 20 世纪 50 年代全家移居纽约。

两个女儿长大后都当了艺术家，麦拉是作家和插画家，奇卡是帽子设计师。女儿们独立以后，贝尔曼夫妇搬回了特拉维夫。萨拉 60 岁那年，决定舍弃她的大部分财产和上层中产阶级的社区和大房子，跟她的丈夫离婚，结束长达 38 年的不幸福婚姻，并搬回纽约。离婚以后，她把所有照片上的前夫都剪掉了。

搬回纽约的萨拉在格林威治村拥有一套小公寓，晚上可以看到帝国大厦。这是她第一次拥有一个真正属于自己的房子。公寓离女儿们的住处很近，里面有不少大小不一的气球和小学生用的小椅子，她喜欢和她的外孙、外孙女们玩。

离婚后的萨拉只有一个极简的衣橱。衣橱里吊灯的开关是一颗红丝绒毛球。萨拉只穿白色的衣服——白色的风衣，白色的 T 恤，白色的马甲，白色的内衣。她喜欢把所有衣服熨得平平整整，衬衫都挂起来，其他衣服则叠成一座座白色小方堆，分类放进衣橱，远看上去就像一座座有着微妙差别的白色千层奶油蛋糕。萨拉衣橱的整齐极简，估计收纳大师近藤麻理惠也会心服口服。萨拉拥有很少的东西，衣橱里没有名贵的皮草和定制时装，里面的路易威登箱包是假货。

哪怕是最亲的女儿们也很难说清，离婚后的萨拉为什么决定要一个全白的极简衣橱。或许这些白色让她想起了自己少女时代被特拉维夫的海风吹拂的白衣？但有一点大家都很确定：离婚后的萨拉十分快乐。她享受了二十多年这份属于自己的自由，直到 2004

年去世。

在她去世后，女儿们收拾她的房间，发现了她的白色衣橱。麦拉立刻决定要把衣橱保存下来，说没准有一天它能出现在博物馆里。（当时她的姐姐觉得这个想法太过疯狂。）

麦拉的卧室和客厅里放着萨拉的照片，那是她们一起住在罗马时拍的。萨拉戴着墨镜，全身白色，打着领带，笑得很帅。在麦拉给《纽约时报》所画的插画专栏里，她说妈妈的这张照片很像富兰克林。在那个专栏里，她还画了她妈妈想象中的美国地图。萨拉给麦拉家的小狗皮特编织过一件毛背心。麦拉也把这画了下来，并用它作为一本小狗插画书的封面。

我在 2006 年的时候在网上首次看到这个专栏，并通过邮件认识了她。2008 年，她来中国做展览，和我成了朋友，后来她更成了我的犹太人临时家长。我第一次到纽约过圣诞节时，就住在麦拉家，那时萨拉已经过世几年，麦拉的小狗也刚刚去世。和她的母亲一样，麦拉喜欢熨衣服。读书时，我来纽约住在她家，她每次都问我要

不要帮我熨衣服。麦拉的衣橱也像萨拉的衣橱，只是东西更多，颜色也更丰富。

后来，萨拉的白色衣橱果真搬进了大都会艺术博物馆的美国馆。在美国馆里，有 21 个展示从 17 世纪到 19 世纪美国人的生活空间的展厅。于是在曾经是"美国最富有太太"的阿拉贝拉·亨廷顿的衣帽间的隔壁，多了萨拉·贝尔曼的衣橱。衣橱里不仅有萨拉的衬衫，还有她存放菜谱的盒子、她的笔记本，以及她与她姐姐的通信。

阔太精致的丝绒椅子与萨拉的小椅子摆在一起，用策展人的话说，这是萨拉的衣橱与阿拉贝拉的衣帽间之间的对话。阿拉贝拉通过从大亨情妇转正成太太，获得了金钱上的自由和满足。她一辈子买了无数华丽的衣服，也尽情肆意地收藏艺术品，捐助大学，支持教育。而萨拉靠着跟珠宝商丈夫离婚获得自由。她离开丈夫，过着极简的生活，由此获得快乐。阿拉贝拉在 1882 年开始拥有她奢华的衣帽间，萨拉在 1982 年拥有了自己的小衣橱，刚好相隔一百年。

再后来，这个展览和萨拉的一生被画进了一本小书。麦拉说，要是她妈妈知道自己的衣橱去了大都会博物馆，然后又变成了书，她大概只会说"TGIF"（"谢天谢地，总算到周五了"）。因为她并不在乎自己的衣橱在哪里展出，她只会觉得此事好玩。或许有人会说，她人生故事的最后可以说是女性的觉醒，但她可能也不太会喜欢这种说法，因为她只是做了让自己开心的决定。

在那本小书的末尾，在萨拉的照片的旁边，麦拉写了一句话：

\* 我觉得，对萨拉的故事的解读停留在一个人追求幸福的改变和努力上，要比将它引申到婚姻和女权上更为妥当。

Everyone leaves somewhere,
everyone leaves everyone,
and there you go.
**每个人都会离开某些地方，每个人都会离开所有的人，就是这样。**

确实，一个人迁徙辗转，最终生离死别。从我们认识一个人开始，与他告别的过程也就开始了。这样想的话，我们大概更能珍惜与这个人相处的时光，或者反过来，在需要跟这个人说再见的时候，不那么带有遗憾和拖泥带水。在我遇到一些重要的选择时，我总是会问我自己：做了这件事，我会像离婚后拥有白色衣橱和小公寓的萨拉那样真正开心吗？如果答案是肯定的，我就做。这是我唯一会问自己的问题。‖

31

# 画插画的女人

## Maira Kalman: The Illustrated Woman

　　麦拉·卡尔曼是我称之为我的犹太人临时家长的人。从首次在《纽约时报》网站上看到她的创作，并进而相识开始，到现在 14 年过去了，我也从她的读者变成了她的亲人。潜移默化中，她给了我很多帮助和鼓励。在人生的选择上，她让我知道了，做自己真正喜欢的事是最重要，甚至唯一重要的事。只要一直在投入做着自己喜欢的一件事或几件事，我就能够快乐，外界的评论都不太重要。我现在画画，也只是画自己想画的东西，并不在意所谓学术批评界如何评论。我觉得绘画是我驾驭得最好的表达方式，我比任何人都懂自己的作品。

　　艺术圈的有些人在介绍我是"画插画的"时会不禁流露两种情绪：一种觉得这是冒犯了我，于是赶紧补充一句，说我也有在做画廊代理；另一种则觉得我不够努力，没有向更当代的表达进步。每每这种时候，我都只会笑一下，然后想起麦拉。她不介意别人怎样去看她，不论是如何介绍她的名分和职业，还是如何评价她的艺术生涯，这些对她都不重要，只要去做自己觉得有意思的事就好了。我也不在意。我觉得任何上述情况的出现都是讽刺，艺术分明是一种追求自由的表达形式，看似直觉的表达可以有，并不是一定要有背后那些迂回的思考。但总有些人在追求所谓学术和高级的时候要给所有的创作评定等级，岂不是迂腐可笑? 三四年前，我跟那时候的男友说，我以后理想的职业和生活方式就是像麦拉这样的自由独立的艺术家。他觉得这是无稽之谈，觉得只有坐班才是回国的正途。当然，这样无法接受多元也不相信我的能力的男友，我很快就和他分手了，老死不相往来。而现在，我基本实现了可以像麦拉那样去生活。画画变成了我生活的重心，不放过任何一个想要画下来的场景、主题和心情，也不放过任何一个我认为有意思、有挑战的合作。

在纽约新冠疫情最可怕的那段时间，麦拉受邀为时代广场的广告屏幕创作了一张图，《新冠时期的爱情》（*Love in the Time of Corona*）。并不是所有人都可以在这样的时刻画出举

重若轻的作品，但她的创意却能让人感到一丝安慰和温暖，甚至一点点幽默。在面对危机、灾难和痛苦的时候，她有着清醒的乐观精神，决意用悲观和幽默作底，用乐观作为创作的出口。正是因为这样，她在"9·11"事件之后三个月画出了那个著名的《纽约客》杂志封面《纽约斯坦》（*New York-istan*），还画了一本童书给小朋友讲那天一艘勇敢的救火船的故事。任何值得讲述的故事都可以画出来。在我看来，这两件基于对"9·11"事件的创作，跟美术馆里那些基于对政治、经济、种族、宗教、文化等问题的关切而展出的当代作品一样，是美术史上的重要作品。

在《纽约斯坦》之前，麦拉就已经是美国颇有名气的插画家。自 20 世纪 70 年代起，她就开始为《村声》等报纸和杂志画插画，并在 90 年代陆续出版了一系列很受欢迎的儿童图画故事书。她与丈夫蒂伯·卡尔曼（也是著名设计师和杂志编辑，已于 1999 年去世）一起创立的设计公司 M & Co.，曾经设计了不少著名的杂志封面和唱

片封套。他们设计的经典手表、雨伞和镇纸等至今仍在纽约当代艺术美术馆的设计商店有售。

蒂伯去世后，麦拉仍在不断设计新的产品。在他们女儿结婚那年，她还设计了一款以女儿名字命名的表来纪念女儿的出生。从90年代中期至今，麦拉为《纽约客》杂志创作了数十幅插画和封面，其间还为《纽约时报》画了两年的插画专栏。此外，她不仅为一些著名的时装品牌，比如凯特·丝蓓、璞琪、蔻驰等设计过饰品、布料、模特和展示橱窗，还为自己住家附近的纽约本地化妆品连锁商店的小店面设计过橱窗。她为若干风格迥异的作家的小说和文集画过插画，其中就包括著名的写作指南《风格的要素》。纽约中央车站在准备翻新一部分墙面的时候，也专门邀请麦拉创作了一大幅插画风格的装饰壁画。她从不拒绝自己觉得有趣和有可能激发创造力的合作，也从不限制自己的合作和创作形式。

麦拉的插画为读者和评论家所喜欢，跟她的成长经历和非科班出身的独特艺术风格不无关系。早年的迁徙和旅行塑造了她好奇心强的性格和善于观察的眼光，而或许正因为不是科班出身，她的画才更加自由，更没有条条框框的束缚。麦拉于1949年出生在以色列的特拉维夫，上头有个姐姐奇卡，她的父母当初是为了逃避欧洲的排犹骚乱而移居巴勒斯坦地区的。在麦拉四岁时，经营珠宝生意的父亲又带着全家移居纽约。麦拉姐妹俩最喜欢的活动就是去纽约公立图书馆看书或去博物馆看展览。麦拉的父母对她姐姐要求十分严格，对她的管教则要放松很多。她也乐得坐享这份"忽略"，年少时最喜欢做的事就是做白日梦。少女时代的麦拉爱读诗歌、小说，爱弹钢琴。在念完注重艺术和音乐教育的私立中学后，她顺利进入纽约大学主修文学，并希望有一天可以成为作家，写有趣的故事。但忽然有一天，她觉得创作虚构的故事不如观察周遭事物并把它们画下来更加有趣和轻松，于是她放弃了作家梦，拿起画笔开始了画画的生涯。

在纽约大学，18岁的她遇到了蒂

伯·卡尔曼。蒂伯喜欢麦拉的画，并鼓励她多画画，做职业插画家。最后他们相恋结婚，并一起肄业，专注于设计和插画事业。90年代中期，蒂伯暂停了M&Co.的业务，带着全家移居意大利。他开始担任贝纳通旗下的COLORS杂志主编，麦拉也开始在这段时间里创作起儿童图画书。但在1999年，蒂伯英年早逝，作为麦拉生命中最重要的伯乐和合作者，这让麦拉心痛欲绝。在约十年后的一次采访中，当记者唐突地问起蒂伯的去世时，麦拉眼里还是即刻泛起了泪光。

在蒂伯去世一年后，关心麦拉的一位朋友觉得她应该认识一下里克·迈耶罗维茨（Rick Meyerowitz）。当时麦拉还多少有些不情愿，觉得丈夫才去世不久，自己没准备好，而里克也说自己刚离婚不久，还没享受够重回单身汉的自由时光。但在这位好朋友的极力劝说下，他们还是见面了。他们虽然在此之前不认识，但两人在西村的家只有十分钟左右的步行距离，而且又有很多共同的朋友。他们一见面就立刻喜欢上了对方，成了一对有

趣的插画家情侣。除了那期著名的《纽约客》封面，麦拉和里克合作过许多别的插画和杂志封面。他们也一起旅行去过很多地方。麦拉话少且走路很快，而喋喋不休的里克总喜欢走在麦拉身后，拍下有趣的景物留给麦拉作为画画素材，并不厌其烦地把麦拉错过的细节讲给她听。

麦拉的家在格林威治村一栋公寓楼的十二层，而她的工作室就在这栋楼的九层。除了收藏的经典设计的家具，书架和书也是麦拉家的重要组成部分。对麦拉来说，除了从生活中发现偶然的小细节以获得灵感，阅读也给她的创作带来了许多启发。她的插画会经常涉及她看过的书和喜欢的作家，比如纳博科夫就是她最常关注的一位。在工作的日子里，麦拉的生活十分规律。她每天会在八点左右起床，然后在家里一边收听美国国家公共电台播放的古典音乐，一边煮咖啡做简单的早餐。吃早餐的时候，她会打开电脑回一些重要的邮件，看当天的《纽约时报》。如果报纸里有什么有趣的内容，她会立刻剪下来贴到冰箱门

上，其中有些后来就变成了她的画作。吃过早饭后，她端着一杯咖啡下到九楼的画室开始画画。工作的时候，麦拉只会带上自己的手机。画室里除了画具，就是书籍和各种会给她带来灵感的东西，比如明信片和各类画册。她常常会在工作室里画一上午，然后回到家里，给自己做一个简单的三明治，再冲一杯咖啡，然后继续回去画画。当创作碰到瓶颈的时候，她会出门快步闲逛一小时。麦拉觉得曼哈顿的任何街区都充满了新鲜有趣的元素，可以让头脑放松下来，把思路打开，启发她重新开始创作。麦拉总是随身带着小记事本，随时记下无意中听到的有趣对话和景物。每周她会在一个或两个天晴的日子里，跟自己的医生一起在中央公园快步走上一大圈（将近十公里），这是七十多岁的她坚持了多年的运动。她认为，工作的最佳状态就是工作和生活紧密相连，在这种完美的状态下，人的整个思维和身体才能在工作时一直处于亢奋状态。

让麦拉的作品更加广为人知的还是她在 2006—2007 年间给《纽约时报》所画的插画专栏，这些插画在 2008 年结集成书，取名《不确定性的诸原理》（The Principles of Uncertainty）。在为期一年的插画专栏中，麦拉每月画几幅或十几幅画，配上她那个月记录的所见所想。在这些插画中，很大一部分是漫无目的的叙事，但有时她也围绕松散的主题讲述一个看似连贯的故事或一段经历。比如，她就画过自己和姐姐在硝烟正浓时返回以色列参加亲人婚礼的旅行。她描述了犹太人和阿拉伯人如何在非常时期努力让生活如常，讲诉了她们在母亲的墓前如何祈祷在战争结束时一切会变好。她认为，像婚礼这样美好的事情是不能因为战事而推迟的，亲朋好友也不会因为战火而取消行程。

在麦拉看来，只要她觉得有趣，任何东西都可以入画。所以她画过印着亨利八世的妻子们的巧克力包装、被人扔在路边的旧沙发、简素的绿裙子，甚至洗碗槽里的碗，这样十分生活的随意景象。在向人们讲述她自己的故事时，她画过自己做导演的儿子亚历克斯、做厨师的女儿露露以及已故的丈夫蒂伯。她还画过一幅她母亲眼中的美国地图。她画过自己看过的图书和去过的博物馆里的展品，画过已经绝种的渡渡鸟、斯宾诺莎和他的狗，以及在随家人逃亡前黯然神伤的少年纳博科夫。麦拉喜欢画那些老旧的事物。夏天的时候，她画的那张扔在街边的沙发的图注中就写道，如果自己碰到一张被扔在街边的旧沙发而没有把它"搬"回家，她就会十分怨恨自己。在谈到她喜欢的设计和事物时，她会说，大部分自己喜欢的东西都是破旧的，自己不喜欢看上去崭新的东西。她认为，老旧的东西有着一种别样的性格和品质，就像人一样。

比起那些有着更多讽刺和冷幽默甚至黑色幽默意味的杂志封面或插画，麦拉色彩鲜明且造型和笔触非常随意的插画，配上她漫无目的的记述，更能带给人一种极具亲和力的暖意。这种自然而然的温暖，配上她略有些古怪的犹太式幽默，完全不像那些心灵鸡汤式的文字和创作那样做作和肉麻。麦拉喜欢一个词，"serendipity"（偶然性）。她画中貌似普通寻常的主题及其引发的联想，正出自她对生活中偶然性和不确定性的持续关注和捕捉。

麦拉乐于通过插画讲述自己对美国政治和历史的独到看法。由于麦拉在 2006—2007 年间为《纽约时报》所作的插画专栏十分受欢迎，在 2008 年奥巴马当选总统后，《纽约时报》又邀请麦拉创作一年关于美国人文和历史的插画专栏。为此，她还获邀参加了 2009 年 1 月奥巴马总统的宣誓就职仪式。参加完宣誓就职仪式后，麦拉和里克一起开始了一趟周游全美的旅行，边旅行边画她的新专栏。由于给《纽约时报》画专栏的缘故，麦拉不仅寻访了她喜欢的总统们的故居和出生地，更获准去参观像五角大楼、美军基地和最高法院等这些一般艺术家很难去到的地方。在画美军基地见闻的时候，麦拉描绘了士兵们训练的英勇，也抱怨了美军基地太过单调。当她在基地食堂看到一个鲜艳的樱桃派躺在红色的盘子上时，她就把它画了下来。在五角大楼访问的时候，麦拉觉得单调的白色走廊实在乏味，要是能挂上一些塞尚的画就好了。这一年的美国故事插画专栏也结集出版了，书名就叫《以及追求幸福》（*And the Pursuit of Happiness*）。尽管这本书的封面是戴着皮草帽子的富兰克林，但麦拉最喜欢的总统是林肯。在寻访林肯足迹的那个月的专栏里，她去了费城的图书馆查阅关于林肯的资料，去了林肯的故乡，也参观了葛底斯堡战役遗址。她赞美了林肯的葛底斯堡演讲，并画下了途中他们吃到的食物以及林肯最喜欢的蛋糕。最有趣的莫过于，麦拉承认，对林肯的了解越深入，她就越喜欢林肯。她在书里承认自己爱上了林肯，想象并画出了自己和林肯的婚礼请帖，以及自己和林肯在纽约约会、一起去现代艺术博物馆看展览的场景。最后，麦拉把自己对林肯的这份喜爱画成了一本新的儿童图画书。在这本书里，她不仅画了林肯的童年，也画了射杀林肯的手枪。

著名的脱口秀节目《科尔伯特报告》邀请麦拉上节目讲自己的书。虽然她说她当时紧张得不行，但看上去还是幽默十足地应付了下来。当她向斯蒂芬·科尔伯特谈起她所画的林肯时，她装着一本正经地说道："他可是我的男人。我总是忍不住想象，要是我是他太太的话，美国历史会发生什么变化。我肯定比他太太更疯狂。"在结束这本书的出版和宣传后，2011年3月，麦拉在纽约的犹太人博物馆举办了一场回顾展，并出版了画册。这一连串工作让从来闲不下来的麦拉都觉得有点过分了，所以当罗马美国学院邀请她去罗马访问三个月时，她欣然接受了邀请。记得她把这个消息告诉我时，说道，虽然这不是她第一次去意大利，但这是她在忙过很长一段时间后，第一次只身去异国小住。她不会带太多东西过去，一个小小的旅行箱和一套画画的工具就够了。她告诉我，"dolce far niente"，一种无所事事的快乐，而在忙过这么长一段时间后，她最需要也最向往的就是这种快乐。

虽然工作之后的小憩总是令人放松，但麦拉教会我的更多是如何工作以及如何选择自己热爱的工作。比如，在忙碌的时候，用放松的心态对待压力和工作，会有更好的效果。而且在

我人生的每个选择上，比如要不要读
艺术学院，要不要去做餐厅的工作等，
她也都给出了关键的建议："不，你完
全不需要再去学艺术，你就按自己的
想法画下去。你不要浪费这个时
间。""如果这是一个你知道自己会做
好的挑战性工作，为什么不呢?"她让
我明白了，创造有多种形式，如果可
以，就不要限制自己。‖

# 美国插画家里克

Rick Meyerowitz

里克·迈耶罗维茨已经七十多岁了，除了秃了好些年的头之外，他并不像一位年过古稀的老者。在纽约，他喜欢以自行车代步。尽管动了膝盖手术，在恢复之后，他依然骑车通勤。他个子高，腿长，但走起路来倒不是纽约街头那些忙碌人士健步如飞的派头。他总是走走停停，看到好玩的就观察一下。如果看到的东西特别有趣，他就会掏出一个小本子，迅速画下来或记下来。他有着敏锐的观察力和满满的好奇心，与他一起旅行和逛街，

要打起十二分精神才能跟上他的节奏。

我第一次见到他是在 2008 年的初夏，当时他陪着女友麦拉·卡尔曼到北京办个展。半个月后，等到他们离开北京去上海的时候，我们已经成了好朋友。他告诉我，如果以后我去美国念书，他们就是我的临时家长。后来他们确实成了我在美国的临时家长，让我体会到了犹太人极强的家庭观念。他们在美国见我的前男友的次数比我父母见的还多。在纽约，有他们在，我无论何时都觉得安心。作为艺术家，

他们对我的创作和工作选择也有着很多潜移默化的影响和鼓励。

里克于1943年出生在纽约的一个犹太人家庭。他父亲是一家杂货店的店主，闲暇时喜欢画画和模仿卓别林，还曾获得过纽约卓别林模仿比赛的冠军。他母亲是个快乐的犹太女人。里克兄弟三人，在这个其乐融融的家里长大。大哥乔尔·迈耶罗维茨成了美国当代著名的摄影师，三弟则成了一位作家。小时候，里克喜欢绘画和读书。他总嫌书里的插图不够多，所以自己动手给书里添加了许多插画。十岁左右的时候，里克迷上了父亲收藏的"二战"时期的报纸和杂志。那些讲述美国大兵在欧战中艰险甚至狼狈经历的漫画成了里克的最爱。这些漫画非但没有美化或英雄化美国大兵，反倒是幽默生动地描绘了他们面对漫长战事的疲惫和恐惧。里克早早便认定，真正好的插画和漫画是幽默的现实主义叙事，有时是近乎黑色幽默的自嘲，有时则是毫不留情的讽刺。也正是在这个年纪，他下定决心日后要成为一名职业插画家。

念中学的时候，里克迷上了西方艺术大师的作品。伦勃朗的素描令他着迷，大师们笔下美丽的女人们也让青春期的他十分神往。此时他意识到，要成为一名职业插画家，他必须念艺术学院。于是里克进入了波士顿大学艺术学院学习，随后获得艺术学士学位，并继续攻读硕士。

20世纪60年代，整个美国乃至世界都在经历深刻的变革，社会运动不断，各种思潮激荡，里克已经无法在学院安静学习了。他肄业回到纽约，在曼哈顿唐人街租下一间画室，开始了职业插画家的生涯。在大学时，他喜欢马蒂斯在画室里画女模特的专注，也喜欢毕加索的不修边幅；他十分崇拜德国画家马克斯·贝克曼，曾经希望自己的油画能画出贝克曼画中人的神韵。但他还是不想成为一位职业画家，不想投身那时正盛的抽象表现主义浪潮。尽管这些"纯艺术"艺术家的作品对里克的创作有着很大影响，但他并没有动摇成为插画家的决心。

如今，他时常自嘲，他唯一能做到的不过是穿得像贝克曼笔下的男人那样迷人。回到纽约后，他一面给杂志创作讽刺漫画和插画，成为著名的《国家讽刺》杂志的主创人员，一面给麦迪逊大道的广告公司画广告。事业的局面很快打开了。崇尚自由创作的他并没有加入那些当时风头正劲的广告公司，就像《广告狂人》里的一些角色那样，成为全职艺术家。

　　20 世纪六七十年代的美国政治讽刺漫画不可避免要涉及冷战、越战、民权运动以及总统丑闻和换届。作为纽约犹太知识分子、自由派漫画家，里克不仅反战，也十分反感尼克松和约翰逊两位总统及其幕僚。他画过尼克松一家恬不知耻地笑作一团的样子，也喜欢同行所画的长着约翰逊的脸的轰炸机飞到越南丢下炸弹的漫画。在冷战进入尾声，里根竞选总统的时候，里克作为坚定的民主党支持者，自然不能容忍一个好战的三流演员参选。于是他创作了一系列讽刺里根的漫画，把里根画成赤裸无耻的好战怪物、狡猾的丛林怪兽，等等。他甚至把自己的里根漫画小稿印成数千张小纸条，放到中餐馆的幸运饼里，让中餐馆送外卖时候使用。

　　2004 年大选前，共和党选择在纽约市召开全国代表大会，里克便画了张应景的漫画来表现在作为民主党大本营的纽约，人们对于共和党人到来的不屑。在这幅画中，忙碌的纽约人走过街道（里克把他们画成了生机勃勃的彩色），而在他们的脚边，小矮人大小的共和党人如过街老鼠般结队穿过（他们则被画成了近乎透明的灰白色调）。当然，里克对 2008 年的总统候选人也有着自己的偏爱。作为奥巴马的忠实拥趸，里克在一组为《纽约时报》创作的总统竞选插画里，把奥巴马画成多才又风情地吹着萨克斯的模样，希拉里则是冷漠地翘着屁股背对观众；当然，最惨的还是他笔下的共和党候选人麦凯恩，被画成了怪物，佩林则成了一个低俗的泼妇。

　　里克一直相信，插画家和漫画家能够通过他们的画笔去传达一种相机镜头所不能传达的讯息，他们的作品具有一种更直击重点的感染力。他还坚信，就算摄影技术再发达，哪怕越来越多的人开始习惯用电脑绘画做设计，插画家和漫画家也永远都不会因此失去表达的媒介和受众。但他也强调，要成为一名插画家，仅仅到艺术学院深造是不够的，自我教育甚至更重要。他认为，广泛地阅读和不停地旅行是一名插画家不可或缺的积累；只有不断读下去、走下去，才能保持一颗始终好奇、善于观察的心，才能拥有丰富的阅历，才能画出让人或捧腹或深思的插画和讽刺漫画。

里克对我的影响来自他身上的乐观精神和无限能量，虽然很多人可能很难想象，一个七十多岁的老头会充满能量和举重若轻的幽默感。哪怕是在纽约疫情最严重的时候，他也没有停止工作，没有选择搬到城外的房子暂避。他选择住在自己临近唐人街的公寓和工作室里，裹着围巾出门购物和行走。他给我发来脸上裹着围巾的照片，说他终于可以像西部电影里的强盗那样上街而没人会害怕了。那副样子再配上塑胶家务手套，让人既感到担心又觉得好笑。直到后来我给他寄了口罩，他才换下围巾。他一直在工作，也一直在记录，既是不会退休的状态，也是毫不紧张的轻松状态。在我看来，这正是做自己爱做的事情时的样子。没有那么多的自我感动和对外人的解释，只要去做，一直去创造就够了。‖

# 纽约最小的博物馆

The Smallest Museum in New York

在曼哈顿下城翠贝卡与唐人街交界处一条不太好找的巷子里，藏着纽约最小的博物馆 Mmuseumm。博物馆的空间只有不到四平米，是由一个废弃的电梯间改造的。理论上，每年 5 月到 9 月开放。博物馆由亚历克斯·卡尔曼、乔希·萨弗迪和本·萨弗迪创办。三人是多年好友，也是影像工作室"红桶影视"（Red Bucket Films）的成员，他们的工作室就在这家电梯间博物馆的楼上五层。

红桶影视的主要成员都是些年轻且小有成就的纽约视觉创意人。这是一个关系紧密且有特点的群体。工作室大部分成员的父母都是纽约犹太精英，其中不乏著名的艺术家和医生。父母们是好友，延续着犹太人圈子紧密的传统，他们的孩子们也都是发小，甚至从事相近的工作。近年来走红的编导莉娜·邓纳姆便曾参与过工作室的一些影像作品的拍摄。工作室靠拍广告和创意短片为生，而开一间特别的博物馆，展出日常生活中碰到的有趣物件则是他们很久以来的一个梦想。

开幕派对
Opening Party

皮鞋，Shoe

蚊子，Mosquito

当他们发现工作室楼下的废弃电梯间可加利用时，就毫不犹豫地租了下来，把想法付诸行动。

通过近一年的筹备，2012 年 5 月，这间纽约最小的博物馆迎来了第一季度的开幕。在开幕式上，创办人的朋友们、他们有名的父母及许多名流齐齐到场，博物馆的赞助人、时装设计师凯特·斯佩德的丈夫安迪·斯佩德也到场支持。就连纽约市前市长朱利安尼也到场祝贺。《纽约时报》《纸杂志》《Time Out》《纽约杂志》和《大西洋月刊》等都对此进行报道。这些主流媒体对博物馆的关注也每季不断，持续至今。

除了每季从朋友和陌生人那里征集并挑选符合博物馆主旨的收藏外，博物馆还有一些特别的永久馆藏，其中最著名的就是那只据传通过美国国务院的渠道获得的当年伊拉克记者扔向小布什的皮鞋。这座纽约城中最小的博物馆的特别之处就在于它的主旨：博物馆展出的展品每个都可自成一个展览，每个都是不同的收藏者在日常生活和旅行中发现的有趣物件，每件展品都有其自身有趣的历史和意义。比如那只扔向小布什的鞋，如果单独来看，它只是一只丑陋的老式皮鞋，但它所处事件的政治和历史背景赋予了它特殊的意义。主创人之一亚历克

青苔，Moss

手表，Watches

斯·卡尔曼强调，博物馆一不展出艺术品，二不展出带有私人感情的物品，除此之外，展品还必须暗合纽约的气质以及博物馆所处位置的特点。不把艺术品当作展品，意味着为了艺术目的而创作的作品都不能成为博物馆的展品。不展出带有私人感情的物品可能听上去有点模糊，但举个例子就不难明白：博物馆不会因为一顶棒球帽是某个名人赠送的就展出这顶帽子；一顶帽子必须要有以小见大的意义才会被展出，要么跟纽约的特质有关联，要么有着特殊的历史意义，在一定层面上是全球化与个人经历相交的体现。这些要求构成了博物馆展品的特殊性。

博物馆地处僻静的科特兰特巷（Cortlandt Alley），距离喧闹的百老汇街不远。路过这里的基本上是唐人街的居民，还有晚上为了避开警察巡逻而来来去去的瘾君子，以及抄近路的人。在主创人看来，博物馆选址这个位置本身就体现了一种纽约精神和特点。在种族混杂的街区，任何人都可能路过而成为博物馆的观众。博物馆夏天只开放周末两天，每天八个小时，但由于博物馆的铁门上有个小玻璃窗，路过的人只要注意到博物馆的存在，就可以透过那个小窗看到二十四小时不关灯的博物馆里的展品。因此，也可以说，这个博物馆是每周开放七天，

47

每天开放二十四小时的。这个博物馆只有一间货运电梯间的大小，但每平米曾经容纳的人数却多过城中任何一个博物馆。

博物馆有三面展墙，每面展墙从上到下有六层展架。由于展览空间小，展品数量多，每件展品下面只标注了编号而没有展品说明牌。但博物馆的访客们只需拨打免费电话输入展品编号，就可以听到解说。这些解说大都是展品收藏者自己写的。

博物馆的第三季展品中最引人瞩目的莫过于两百只在雨季的新德里被收藏者打死的蚊子。展览介绍称，这些被打死并被带回美国的蚊子代表了收藏者想要革除这些害虫的徒劳的努力。介绍还提到，蚊子所传播的疾病登革热，原本被认为在美国已经绝迹了，但近几年又在 26 个州重新浮现，其中就包括芝加哥所在的伊利诺伊州和纽约市所在的纽约州。关于这些印度蚊子的介绍便很好地诠释了该博物馆与个人经验、全球化及历史的微妙关系。蚊子是私人收藏，但任何人都逃不过蚊子的威胁，在印度每年流行的登革热在纽约也被发现了。就这样，印度的死蚊子变成了博物馆的展品。

摆在蚊子隔壁的展品是插画家麦拉·卡尔曼所搜集的来自世界各地的青苔。在她看来，青苔是有智慧的旅行纪念品，能让人瞬间回忆起去过的地方和访问过的人。这些青苔有的来自杰斐逊的故居，有的来自马蒂斯的墓地。它们呈现出不同的绿色或淡蓝色，能把人带回曾经访问这些地方的时刻。

还有一组有趣的展品来自伊拉克。这是一组手表，从一般金属到高端纯金制作的都有，每块表面上都有萨达姆·侯赛因的头像。头像中的萨达姆有青年的和中年的，都穿得十分时髦，豪气十足。展品介绍称，萨达姆曾经一面迫害他的反对者和国民，一面请瑞士的钟表制造商制作这些手表送给自己的亲信，越是受到重用的人收到的手表就越高级。于是这些手表成了窥见萨达姆统治的小小窗口。展品介绍贯彻了从小物件联系到大历史的理念，对比介绍了萨达姆在挥霍奢侈的同时，对反对者和国民进行了怎样的残暴统治。

　　除了展品各有文化背景和故事之外，这个最小的博物馆的开幕仪式也十分特别，充分说明了这是一个纽约的博物馆，因纽约而生，为纽约而开。在过去几年的开幕式上，他们曾请来主创人在地铁里碰到的街头艺术家参与表演，让小提琴手藏在楼上的阳台上演奏；他们也曾请来在林肯中心唱歌剧的著名女高音，站在徐徐升起的卷帘门后面唱歌，门口则有夜总会的保安大哥象征性地看着大门。在最近的一次开幕式上，他们请来了为纽约地铁录制到站提示音的老头，后者举着话筒宣布新一期展览开幕，提醒人们现在身处纽约这座伟大的城市。当然，每次开幕式上还会有冰激淋及其他街头食物供人享用。也只有在纽约，这一切才显得自由又放松。

　　美国人对博物馆的热情是无与伦比的，博物馆和美术馆成了人们生活的一部分。纽约有大大小小各种私立和公共的博物馆和画廊，古物、文献和艺术品是各种展示的主角，如何办好展览和欣赏展览是所有博物馆爱好者所追求的。这个最小的博物馆的出现，似乎弥补了城中众多博物馆的一个遗漏，至少它可以提醒人们，除了价值不菲的古物和艺术品，日常生活中奇怪又有趣的小物件也可能承载着别样的意义和故事，也可以从某个侧面或角度反映和见证一个时代的文化或大事件。不论空间大小，只要策展用心、展品挑选贴合主旨，再小的博物馆都可以成为讲述人类历史的场所。‖

# 看展的脸

Museum Faces

看展的脸 -1
Museum Faces-1

看展的脸 -2
Museum Faces-2

看展的脸 -3
Museum Faces-3

A girl
in MoMA
Sculpture Garden
May 2019...

MoMA 雕塑花园里的女孩
A Girl in MoMA Sculpture Garden

# Have You Ever Had a Smoking Break Here Too?

你也站在这里抽过烟吗?

# 九十年代

My 1990s

我的 90 年代始于五岁半，1990 年 6 月。短暂且尴尬的幼儿园时代结束了。

我读幼儿园晚，混混日子读过"川美"幼儿园的中班和大班。当时还没完全适应集体生活，也不太听话。记忆里全是违抗老师命令的尴尬经历，比如老师教大家认左右，举起左手右手，这个我早就会了，我偏故意反着出。

幼儿园就有人际纷争，好在我对孩子们的规则不大敏感。有的情绪激动的孩子（不分男女）不高兴了就"开除"别人。"开除"我的时候会做个手势，之后就不跟我玩了，还会拉着别的孩子一起"开除"我。在我面前，三四个排开做手势的样子，就像现在的男团女团唱歌跳舞的动作。我也没什么难过的，反而觉得大家很有趣，不高兴也搞得很有仪式感。现在年纪大了，一些不来往了的朋友——比较像幼稚鬼的那些——会拉着别的朋友吐槽我，屏蔽我朋友圈，性质其实差不多，想想觉得蛮好笑的。当然成年人反目成仇的原因可能更复杂无解，有的甚至可能就老死不相往来了。

幼儿园结束的那个六月，我在四川美术学院美术馆的一个长廊办了个展。长廊面对着美术馆里一处带假山、水池的小花园，水池连着人造溪水，里面有金鱼和锦鲤。记得开幕那天正好是"六一"，表演完节目之后换上一条舒服的连衣裙，我满以为这样就可以去玩了，毕竟那天阳光明媚，那个时节，重庆也不算很热，展墙正对的水池是我爱玩的地方。

可是到了美术馆，就被大人们拉着拍照，和看展的人打招呼，叫叔叔阿姨爷爷奶奶。非常不情愿地跟大家说为什么要画这些画，回答关于画画的问题。人们赞美"这么小就办个展了"这样的话听来也毫无感觉，只想去玩水。后来终于玩到了，也就玩疯了，再也不回去社交。

现在想来，办画展的情形二十多年都没变过。自己的展览开幕的时候，依然只想着到画廊外面抽烟，和最熟的朋友待在一起，不喜欢合影拍照、解释创作。五岁半时的画都是画着玩，三十岁和三十三岁展览的画依然是画着玩的。

从幼儿园到学前班再到小学，可以算有了一种成长感。成长感的标志是父母让我参与他们日常进行的活动。比如看电视，小学时候，跟着他们一起看《编辑部的故事》《我爱我家》《北京人在纽约》，不是特别能跟得上父母的笑点，但在努力理解。能和他们一起看，他们心情好的时候还会跟我解释，着实觉得自己长大了。

## 艺术并不艺术

四岁之前，我大部分时间都在外公外婆家待着，读书之后一直到小学三年级前的夏天，也是在他们家待着。外婆是"川美"毕业的，后来在重庆市博物馆工作，外公没学过西洋艺术，但会教我写毛笔字、画国画。

小时候最不缺的就是时间，打发时间最好、最简单的办法就是画画，外公外婆会简单点评一下，不干涉过多。父母来接我的时候，拿给他们看，我爸就会说哪张比较好，比如生动啊，有味道啊，感觉不错啊，相反的评价就有死板、犟之类的。听多了就有个对比，好歹知道怎样是比较好的风格。

父母和祖父母都是艺术家和艺术学院老师，这一点带来的最直接的影响便是，从来不会觉得艺术是神圣、神秘或更高级的东西。它就是每天的生活。画画没有压迫的感觉，反倒是跟同龄孩子玩会觉得无聊和不情愿。艺术并不艺术，它非常生活和日常。

学校大院就是个小社会。人们爱艺术，好浪漫，学校里荷尔蒙的气息永远很浓，艺术家们有柴米油盐、出轨离婚的纠葛，作为教师的艺术家还可能跟学生发生这样那样的情事。我妈妈当过附中的班主任，常有年轻女学生来家里哭诉自己的感情经历，有和同学的纠葛，有和大学部的人的，和老师的也有。我放学后作业写完了，就会在旁边玩，似懂非懂地听着。我妈留女学生吃了饭，就会推说我要睡觉了，借此打发她们走。久了，父母就会总结一句：你以后不许和艺术家谈恋爱。

印象里我爸妈那些女学生都自我且自由，狠狠爱过又可以随时抽离，真实且无畏。在那个潮牌和爆款还没有遍地的年代，没有网红们涂着红眼影满街拍照的年代，她们每个人的妆容和着装风格都独特而迷人，让人向往长大，虽然等我长到附中女生的年纪时，大家已经变成球鞋爱好者了。

小时候喜欢跟着父母去教室玩，艺术学院的教室就是画室，能看到模特静物和画架。喜欢跟大人和大孩子玩，希望快速长大。读幼儿园跟父母在一起的时间多了以后，我爸告诉我不爱画国画写大字就不要勉强，爱画啥画啥，经常扔给我毕加索、马蒂斯之类的画册看。今年过年的时候还找出了小时候我最喜欢的一本晚期毕加索的画册给我。

印象里最喜欢的有故事性的画册大概是亨利·卢梭和玛格里特的。亨利·卢梭的世界有很多动物和好看有趣的人，是那种能让人在脑子里自己琢磨编故事的画册；相比之下，玛格里特要阴郁沉闷一些，但依然是好看的。比起幼儿园时父母精心挑选的那些画得好的插画书，这些画册要好看很多。最好看的便是没有设定的内容和情节，自己可以发挥和想象。受不得束缚，大概是从小的这些经历所致。

大概也是因为这样，尽管在小学和初中开始的时候，也看日本漫画，最终还是放弃了对这个风格的喜爱。和很多人看故事不一样，画画的人会去琢磨画风。漫画创作的套路和规则太多，设置和束缚都很多，令人反感。跟着周围人看了几年之后，就不看了。从来没有自己买过一本漫画书。

美院的子弟，有一个既定的成长路线，那就是读附中学艺术，或者说这是一条最安全、便利的路。但从记事起，我父母就明确表示，要好好读书，成绩不够好才读美院。毕竟不争的事实是艺考耽误文化课时间，文化课要求相对比较低。从小唯一害怕的便是被威胁考不好要读美院，心里暗想也许父母也腻了，家里不能三代都从事艺术吧。于是便战战兢兢好好学习了。

## 小学

父母希望我好好上文化课，不要惦记着学艺术这个备胎。可他们并不是那种为了孩子倾注一切的孟母三迁型的家长，大概他们对自己的教育方式足够自信吧。所以小学时我就近读了"川美"旁边一所很不起眼的学校（这所小学前几年已经没有了）。还记得刚上小学的时候，学校里还有很多"川美"子弟，但越到后来，要好的子弟朋友就越少，因为家长们害怕小孩在太一般的学校读书会学坏，会考不上重点中学，便让孩子转学去了更好的小学。那时候最近的重点小学，开车也要半小时。

我爸妈倒是不信这套，他们给我算了一下转学的成本。倒不是钱的问题，是时间，每天我要少睡一个小时，少玩一个小时，没有时间看电视，也没时间看闲书，那怎么行呢。我爸认为看闲书的时光、校外的时光才奠定一个人成长的底色和基础，是不能消磨在通勤的疲惫上的。

于是转学就作罢了。继续在很普通的小学读下去。大概是运气好，我也一直是班里最好的学生。普通小学的好处是几乎没有补课，放学就走人，作业写得快就走得早。时间充裕的话，就可以在回家路上耗掉一些时间，东逛西逛，会一时兴起跑到江边去玩，然后在夕阳中慢悠悠溜达回家，和大部分孩子同一时间到家。

小学时光平静悠长，没有什么波澜。选择就近的小学读书，仿佛给美院为我筑起的堡垒又加了一条护城河，总之每天就是家和学校，以及中间的闲暇时间。喜欢和大人玩，喜欢和男生玩，只要在学院的范围内，就可以随便野。钻过的防空洞，翻过的院墙，现在长大了再回看，都是很小的一个地方。

小学的假期里，会看很多闲书，也跟着父母看了很多电影，跟着大人到处玩。很多小说是小学的暑假看的，三毛也是念中学之前读的，倒没有羡慕她的生活，觉得自己日后大概要过上秩序感多一点的日子。

四年级的暑假时，为了打发时间，去"川美"的补习班混了半个夏天，那是为考附中和大学的学生开设的班，给有一定基础的孩子准备的。我零基础，画了第一天素描，回家后等着我的是我妈的一顿教训，她甚至说："画成这样，怎么配做我女儿?!"但我也不生气，这不才开始吗。继续画了一周后，就好多了。这一个月的课可以说是我受过的唯一的专业艺术教育。

唯一算得上比较令人激动的时刻，大概是小学三年级的秋天。我在上学路上出了车祸，被两辆超速行驶的摩托车撞倒在地。一瞬间有了濒死的体验，一条漆黑的隧道，逐渐照进的温暖的光，隧道两侧是此前遇到的朋友和亲人。然后我就晕了过去。伤并不重，但整整四十天没上学，被父母照顾，接受各种人探望，作业也不用写。算是因祸得福，多放了一个寒假。

另一个让我感到有趣的时刻，是九十年代中期爷爷奶奶离婚。他们在七八十岁的时候决定结束并不和谐的婚姻，分开住。这让我明白婚姻这件事并不牢靠。日后我学美国历史，再学性别史，写有关离婚问题的论文，大概也源于此。总之对婚姻的不屑从小便有，觉得要跟一个人过一辈子简直不可思议。虽然起初就知道有离婚这个选项，但又要装出一副一生所爱的样子，实在好累。直至现在，我都不知道什么算是可以结婚的感情，每一段恋爱只要谈得问心无愧就行了。

## 初中

90 年代末，我念了初中。从走运考上重庆外国语学校寄宿起，美院的 90 年代就算是结束了。我到了一个全新的环境，在起初的不适应之后，又比较开心地做起了成绩不差的"边缘人"。父母关于学习不好就要读美院附中的警告开始变得现实起来，但好在我成绩不差，就算考砸也不至于出格，也就不太害怕这样的威胁了。初中时候依然胆子很大地在自习课上看小说、翻杂志，班主任在家长会上点名批评，我爸会反问：自习课不看闲书看什么呢？

读了中学才知道，我上的小学确实没人知道，而班上考入这所难考的重点中学的孩子几乎都是在考前补习班就认识的。我连补习班都没有上过，误打误撞考进去，实在令人费解。初一的暑假看《挪威的森林》，很同情绿子对中学的讨厌。而这本小说以及那

个夏天偷偷看掉的《黄金时代》也意味着童年的结束和青春期的到来。初一过后，我开始适应学校，不再反感它。之后的五年是非常愉快地度过的，现在想来，那是极其自由的一段读书时光。

90 年代于我而言，就像在车祸刹那的濒死体验时看到的一层光晕。那时候会不自觉地受周围年长些的人的影响，想加速长大，去看、去体验更多东西。那时候看过的电影和书都印象深刻，成了一种抹不掉的底色。哪怕是在相对封闭的环境里长大的人，也不一定就不能适应后来趋于正常的成长路径。那光晕最后成为一层保护，存留至今。‖

# 用来离开的家乡

## Leaving the Hometown Is Necessory

那年时代广场的 AMC 电影院与国内同步上映《火锅英雄》，我的美国同事史蒂文订了票，带着我和另一个重庆姑娘去看。电影一开始就是重庆夏季的雷雨天，炸雷打得响，雨很大，像天漏了一样，整个城市魔幻的轮廓在雨雾中若隐若现。巧的是，看电影那天，纽约也下雨，像迟迟不结束的生理期，从早晨绵绵到傍晚。我对朋友说，还是重庆夏天的雷雨爽，朋友反驳说纽约的阳光好。想起中学那会儿，每到春季运动会开始，也是春天

短暂的雨季结束的时候，见到放晴后那点吝啬的阳光就会十分开心。四月开始，夏天说来就来，周末放学离校就可以穿夏装了。

记得小时候有一次，雨下得比电影里大多了，是夏天会让长江涨水的那种雨。我从家去我爸的工作室，独自走在"川美"门口的大马路上，雨水冲在腿上就像海浪，只是速度更快，更爽。因为太带劲了，绕了远路，玩儿了很久。

这样的雨，玩玩水是很好玩的，

重庆老城，Old Chongqing

多吃点辣，Eat More Spicy Food

去河里游泳就很危险了。重庆有个地方叫唐家沱，因为江中有回水沱，那里总是可以看到淹死的人和动物浮上来，夏天的时候尤其多，可我没看到过。小学时候坐船去三峡，大家看风景，我就努力地看江面，想看看淹死的人是什么样子，结果看到的只有泡胀的死猪。外公说，80年代初，有一年发大水，我爸翻出他家院墙，带着一帮哥们儿和我舅舅去游嘉陵江，后来河水太宽，水流湍急，游不动了，差点淹死，幸好被渔船救起来。要是那次他们运气不好，我外公就没了儿子，我妈就没了男朋友，自然也就不会有我。

重庆作为家乡，是用来离开的。我十几岁就搬走了。后来说回家，回的也是北京，去重庆就是旅行。去最熟悉却愈发陌生的地方旅行。每每感觉自己像一个游客的时候，就会有种近乡情怯的矛盾——我不是在这里长大的吗，为什么还那么大惊小怪？春节前回重庆，在自己小时候常去的解放碑，要看着手机地图才能找到逛过无数次的太平洋百货，那一刻才与这种

困惑和矛盾和解。那是大家当年拍拖逛街最喜欢去的地方，现在已经被更多的商场包围，被更多的楼遮蔽，那么不起眼，哪怕就在身后，转个身也未必看得到。就像小时候，我总觉得外公工作的博物馆所在的枇杷山公园很大，不和大人一起去会害怕，中学时候再去，就发现那其实是很小的地方，哪有那么好玩。长大了一点，看到的世界变大了，而那些停在原地、停在记忆里的东西，变得不那么神秘，不那么让人敬畏，只剩下莫名的陌生。

电影里，白百何的设定是一个说普通话的女同学，这是给她蹩脚的重庆话开脱。除了陈坤，其他人的重庆话也都很别扭，虽然他们都尽力了。我也不能算说得一口最地道的重庆话。重庆话的精髓在吵架，在一些十分市井的俚语表达。用重庆话吵架很有气势，不像成都话那么温和。传说中重庆女生张口就可以滔滔不绝地骂，重庆男生怒了，站起来就可以吼，说几句就动手。我因为家教太严，不会。

不会用重庆话跟人吵架，就有种不是主场的胆怯，缺乏安全感。中学

做火锅，Making Hotpot

时候，有一次因争演一个舞台剧的女主角和另一个同学在教室里吵起来，我更多的是沉默委屈。那时甚至希望像电影里一样，有男生冲出来帮我吵一架。结果并没有，帮我说话的是嘴很厉害的同桌女生。多年后想起，总觉得很好笑，演了女主角又怎样呢？可那时我们是高中生，即使一年后吵架的每个利益相关方都会离开重庆，当时看得到的也只有眼前。其实演了也没有什么大不了。这是人生里一个插曲，证明自己不会吵架。但就算不会吵架，重庆女孩还是更厉害的。大学时候的男朋友是重庆人，十分斯文，我爸会开玩笑说：你们俩在胡同里遇到流氓混混，大概是你保护他。

小时候并不知道自己后来会去美国，只知道自己会离开，受到的教育里就没有要留在重庆这么一个选项。对于离开，最早的记忆是四岁时候去火车站送我爸，他去北京，然后再坐飞机去伦敦。那时候只知道他可能要去很远的地方，但对离别全没有概念。也许多少还是有的，只是不善表达感情，就一直和同去送行的叔叔的女儿在站台玩，不屑于和我爸告别，很敷衍地挥手。据说我爸耿耿于怀了很久。之后我总收到英国寄来的明信片，外公就会给我看地图，告诉我英国有多远。还会告诉我，除了爸爸在英国，还有大姑在美国，美国又有多远。于是模糊的印象就是，长大了是要离开重庆的。

在重庆的时候，并不会觉得自己是南方人，只有搬到北京，别人说你是南方人的时候，才想原来自己算南方人。离开之后，就害怕冬天回重庆，没有暖气，室内室外一样的温度，进门不能习惯性地脱衣服。离开之后，吃到不正宗的川菜会皱眉头，看到涮羊肉店里惨淡的红锅觉得是个巨大的玩笑。而我的朋友则说，他第一次在重庆吃火锅，问老板要麻酱，老板反问他有扑克要吗?在北京吃火锅，再正宗的店，我妈都会说六个字：加麻，加油，加辣。

重庆火锅的辣和麻都是直接又刺激的，与成都火锅的温和感有着鲜明的不同，也让很多非重庆人受不了。就像重庆这座城市，它从来不是一个细腻柔软的故乡，它有种简单粗暴的直接、市井草根的莽撞，干脆，不拖泥带水，大山大水、参差楼宇之间是人间烟火的热，也是锋利鬼魅的湿冷。有次冬天回重庆，去了南山一棵树看风景，远眺云里的天际线，竟然心里哼的是《心中的帝国》(Empire State of Mind)，那时候并没有回到重庆的感觉，想到的是纽约。云雾里的对岸群楼，在夜里看能想起《千与千寻》里众灵登岸前的对岸灯光。‖

# 所有的南方

All the Southern Places

第一次听到《米店》这首歌是到美国读书的第二年的春天。后来无论在哪里听到它，第一个想到的都是美国南方。我是祖籍广东的重庆人，算是彻头彻尾的南方人。但每每说起南方，下意识想到的还是美国南方。南方，the south，在美国历史和文化里有着别样的意味，《绿皮书》里的钢琴家和司机一路向南，开向种族隔离的南方。

每到 3 月，纽约开始阴冷飘雪，我就会飞到南方的萨凡纳 (Savannah)

待两三天。但从来没有回过临近亚特兰大的大学城。在纽约的时候总是特别忙，如果是回学校所在的城市，就总想着要多待几天，一个逃离寒冷、吹吹温暖海风的长周末是不够的。

并不是所有人在一个地方待久了，离开之后都会产生思乡之情，也不是所有地方都能让在那里生活过的人感到像家。我在天津读了四年半的书，却从来没对那座城市有过依恋和怀念，仿佛那四年多都在为离开做准备。

但美国南方不一样，那几年时间

的经历现在回看是缓慢的、不确定的、矛盾的，但也是简单温暖的。就像2009年3月在学生公寓里看着书、听着《米店》睡着时窗外的阳光，晒在新绿的树上，从百叶窗泻进来，外面的窗台铺满了花粉。这是那时候的基调。

后来我搬到了纽约。很多纽约人没有去过佐治亚州，去过的也大多只去过亚特兰大。偶尔遇到一个在南方甚至在佐治亚州生活过的人（通常是美国人，纽约的中国朋友少有在南方生活的经历，很多人都是定好目标直接去纽约的）就会莫名开心，仿佛曾经都是某个秘密组织的成员，但事实上我们的共同点只是在南方生活过。无法理解我为什么第一步选了去佐治亚州读书的人可能会以为我们都是从匿名戒酒会出来的，因为这都不是什么明智的选择。

在佐治亚州读书当助教带本科生讨论班的时候，新学期要求学生介绍自己来自哪里、叫什么名字，以便我记住每个人的名字。有一年，一个褐色鬈发的女孩说自己来自纽约，因为爸妈都毕业于这所州立大学，所以她

就来了。那是我那几年遇到的唯一一个来自纽约的女孩，她格格不入，独来独往整整一个学期，比班里学霸韩国女生还不愿意交朋友、分组写作业。有一次我问她，你爸妈为什么非要你来他们的母校，她说他们想让她在真美国生活几年。听到这样的回答我能说什么呢，虽然她不开心，但还是想说，很久以后你会觉得爸妈做了正确的决定。

我一直都很庆幸自己在南方生活了五年，从奥巴马当选到他连任都在那里。我一直觉得在纽约之外，在那些远离精英大都市的地方生活，尤其是在南方、在中部或者不是加州的西部，才能真的了解美国。南方在我的记忆里大多数时候并不是《米店》里那样温柔缓慢、略带伤感的调调，它的伤感是隐秘的、怀旧的，更复杂微妙一些，毕竟是在佐治亚州这个地方。哪怕在民主党居多的大学城，大选投票日的时候，朋友白天给奥巴马投完票，兴高采烈地在车后的玻璃上贴了个奥巴马贴纸，傍晚下课后我们走去喝酒，她的贴纸就已经被撕掉了。也

15

南方的玉兰花
Magnolich Flowers in the South

是在那一年，我站在助教的讲台上第一次给本科生讲讨论班，看到讲台下的白人女生电脑上贴着支持莎拉·佩林（Sarah Palin）的贴纸。

我刚到南方的时候，甚至现在偶尔回去的时候，都有一种幻觉，这里如此平静和缓，人们对你都客气热情，就好像什么都没有发生过。但这里有过民权运动，以前打过内战。平静也只是表面上的平静。虽然政策意义上的种族歧视和隔离已经因为民权运动和法案而终止，但几百年历史沉淀下来的隔阂依然存在。我现在很想知道，2020 年的"黑人的命也是命"的抗议活动是否能够撼动这种表面的平静。

我入学那年，将近十个人里只有一个黑人同学，是个女生，她不喝酒也不爱社交，没有助教奖学金，需要打工，和所有人格格不入，当年甚至有白人男生下意识地觉得她是来学奴隶制和内战的历史的，而实际上她学的是拉美历史。在南方学校学内战和奴隶制有得天独厚的条件，但我的白人同学们很少有研究这个主题的。

我们居住的城中心有很多酒吧、咖啡馆、餐厅和演出场所，常有学生和本地人光顾。如今回想起来，我去过的那些餐厅、咖啡馆里，都很难碰到黑人顾客。学校著名的兄弟会、姐妹会聚集的街区，有一家很不错的有机超市，我在那里也没有见过黑人顾客。他们在哪里？可能在城中心或绕城路上的大商场里。还有我记得新生培训的时候，老师提醒大家到城中心以北三条街之外就不要步行了，因为那一片不安全。后来我也坐车或一时兴起走去过那里。那里有黑人居住的连排廉租房。

这些都像是自然而然、大家默认的安排。这里保守得明目张胆、理直气壮，让人觉得十分魔幻。反对堕胎露天宣讲的宣传板有两层楼高，立在学生活动中心的小广场上，巨幅照片触目惊心，比选举时的集会阵仗都大。宣传板下，天主教教会的人拉住学生辩论。

这一切都在南方暧昧的温暖空气中存在着。南方的阳光是有魔力的，让颜色变得更加饱和鲜明。让我这个局外人觉得在佐治亚州的五年是做梦

一样的五年，单纯读书的悠长的五年，也看到了鲜明色彩下暗藏的历史和现实。每次走过学校北校区古老的大树，都会想这里是否发生过对黑人的私刑。那些在我的讲台下坐着的白人兄弟会男孩，他们的长辈是否曾是白人至上主义者?有一年在萨凡纳郊外的一处种植园遗址，长长的大道两旁橡树上垂下空气凤梨，让几乎没人的静谧的老庄园更显魔幻。我和女朋友在一棵树下坐着发呆，忍不住想曾经会不会有奴隶从这里逃走。然而跟我们讲庄园历史的解说员穿着仿古服装，只会讲这里如何建成，畜奴的故事一笔带过。

南方是我过去经历里很宝贵的一部分。在美国南方生活过才算经历过真正的美国。也许是因为学历史的敏感才会记得这么许多，才会在每个可能的时候，在所有别的地方看到美丽日落、好看的云、大朵白玉兰花的时候，想起南方，想起那里的人和故事，还有光影，想起那里的历史和我的历史。‖

南方颜色
Southern Colors

# 一直都是塑料重庆人

## Always a Fake Chongqing Native

我十九岁离开重庆，2020 年就三十六岁了，过不了多久，不在家乡的年数就要超过在家乡长大的年数了。我的外地朋友们笑我是"塑料"重庆人，这次回去之后想想，其实我从来都很"塑料"。

这次回去的三天，不止一次被专车司机问：你是不是重庆人哦？有的比较油和自来熟的人会直接用重庆话问，而那些遵守公司规定的司机会慢悠悠地说着"川普"问我，再十分有耐心地介绍哪里适合玩哪里不适合。有的

人甚至不由分说劝我去近一点的地方看夜景，因为雾霾时去南山一棵树"没的意义"。他们的热情和放松让人感到一丝幽默，哪怕那天车子开过新年第一天的火灾现场，一切在"川普"的语调中，听来都没那么紧迫了。

刚到那天，舅舅开车去接我们，这次有纽约街上"捡"来的西安妹妹同行，我提醒他说普通话，舅舅改口说"川普"，大家都笑了。他说工作的时候其实不用说普通话，但是开大会发言，有外地公司的人来，就只能操着

"川普"讲话了,觉得好别扭,脑子要短路。

"川普"指重庆四川口音的普通话,是一种我不会说也很难学会的普通话。我爷爷奶奶一个是广东人,一个是上海人,小时候我们家和爷爷奶奶家邻着,每天去打照面,就学会了比较标准的普通话。从小在家里讲的据说是一种重庆官话,过滤了方言中的大量词汇,完全禁止粗口。就连那种适合气头上说的话,我也说不来,毫无所谓"street wise"(街头智慧)可言,和家长对峙的时候总是处于劣势,在学校里吵架更是处于劣势。现在说得就更少了,解释事情说不清楚,就立刻切换成普通话。

后来,外地朋友听我讲普通话都猜不出我是哪里人,会夸我普通话讲得好,可是普通话讲得好有什么好被夸赞的呢?我离开家乡,出国读书后再没交过重庆男朋友,记忆里完全没有用重庆话吵架分手的情节,讲普通话有过,讲英语也有过的。我一直觉得自己讲英文最能凶、最刻薄,在外语的面具下,可以肆无忌惮地发火。有

次在纽约,用电话和客服吵完架,掏出烟来冷静一下,路边俩大叔看我找不到打火机,立刻伸手递了上来。

离开时载我去机场的专车司机是个慢性子,电话里我出于礼貌说了重庆话,他打断我,坚持慢慢说"川普",让人觉得有种固执的温柔。那种感觉就像想要坐在火锅店门外吃网红店的小吃,本以为服务员走过来是要赶我们走,他却很温柔地说"来,我帮你们",然后周到地打开折叠桌椅。司机说普通话的样子甚是认真,我也就耐心听完,应他"安全带系好了"。车里的空气和善,反倒是我有些为难,到底说重庆话还是普通话呢。朋友董小姐这次重庆之行后,觉得重庆男生很温柔,也很尊重女生。想来还真是如此,也许跟重庆女生都比较独立、有自己的想法有关吧。我爸跟他的老朋友介绍一马画廊的老板还有朱女士时都说:都是重庆女生,很厉害的。

这次回重庆和近年来大多数时候一样,住在解放碑,图个方便和熟悉。这是我在重庆唯一还算熟悉的地方,毕竟有碑在那里。走到解放碑旁边的

21

肯德基，我得意地跟我妹说，这个肯德基二十年前就有了，我高中的时候就有了。走过肯德基，就走到大都会广场，那是小时候我和外语学校的同学们最喜欢逛的地方。初中的时候在这里会碰到谈恋爱的学长，后来我们自己变成了被学弟学妹们碰到的学长学姐。甚至有同学在这里看到某人的男友出轨，和别的重点中学的女生逛街。记得高中时有一次，我爸送我返校，带我绕路去逛街了，在商场里远远地被妈妈的朋友看到，那些阿姨回去还汇报说，我爸胆子蛮大的，敢带小姑娘逛"大都会"，小姑娘还把手搭在我爸胳膊上。

我在重庆不怎么认路，离开解放碑就要靠导航。比在纽约、北京、波士顿、费城还要不认路。在纽约，我至少可以不看手机地图，脑子里有我爱去地方的大致方位，知道地铁换乘的方式。而这次回来，我发现我连两江之间的桥连接哪里都不知道。毕竟小时候被关在四川美院的院子里，念中学的六年又在外语学校的山坡上住校，放学有人接，高中自己走，但

顶多就是在解放碑附近逛街。再后来就离开重庆了。如今我依然可以说母语重庆话，但如果路上有路人问路，我也只能不好意思地笑笑说：我是来这里玩的，不认路。心中有歉意。

因为想放松，所以没有做功课，也不知道哪些博物馆值得看，索性就没去博物馆，哪怕我的童年是在重庆博物馆度过的。以前每次回来都要去小时候长大的地方转转，比如外语学校和"川美"老校区。那些地方还是原样，有着亲切的破败感。也让人略有失落，这些地方没有变，我却无可救药地长大了。小时候住的美院的院子，长大以后看很小，不像小时候，考试考不好，觉得这个院子足够大，走回家的路可以那么长。美院老校区也真的好小，儿时被批准去大美院骑一下午自行车都像是很野的事，现在随便转转，一圈就逛完了。

去年冬天我去过"川美"，这次就没有再去，新校区更不会去，那个地方和我没有关系。倒是长大后第一次去逛了罗汉寺。新年第一天去烧了香，进去的时候罗汉堂已经关了。我妈告

诉我，我刚出生的时候，美院雕塑系和绘画系的老师被征召参与罗汉堂的罗汉修复，雕塑系的老师负责重塑，绘画系的老师负责上色。我妈参与这项工作，给我赚了点奶粉钱。离开前的上午，我又去了，在罗汉堂里转了快半小时。三十多年前艺术学院老师们的认真工作，换来这些罗汉生动的表情、和谐的着色和精致的花纹，比我过去在所有重塑景点看到的都要好看、得体。不能免俗，我也烧香，买了各种符，但没有数罗汉，也没有让僧人算算，我想我妈妈当年的工作是怀着虔敬做完的，罗汉们肯定满意。我来了两次，说不定以后每次回来都要看看这些给我妈工作、给我奶粉钱的罗汉。

毫无疑问，过去和现在，我都是个"塑料"重庆人，我对这里的任何地方都没有太多归属感。常常想我为什么会对从前的经历和家乡有着这样复杂又分明的情感。大概是因为从懂事开始，家长们就潜移默化地教育说，家乡是用来离开的，你是不能学艺术的。这算是一种规训吧，只不过这是一种

我欣然接受且不会反抗的规训，这种规训带着很多爱和信任。最后都是要靠自己的。真正算得上反抗的便是在自己主导选择之后，即便是画画，也不走父辈那条学院派的路，我心甘情愿绕了路。从小获得了不一样的指导，成年后一切就靠自己的野路子了，我也不知道行不行，没有父辈的关系行不行。现在看看，至少我是可以的。正因为可以，才远离那些低估和误解我的人。

回北京感觉像回家，回纽约也像，但回重庆不像。重庆变化太大，已经没有我熟悉的东西了。说出来也没什么大不了的，在离开的人眼里，家乡可能更具有值得探索的意义。在父母长辈的饭局上，他们的朋友劝他们回去养老，但我知道他们是不会回去的，他们选择离开的时候，就已经放弃回家这个选项了。"回不去的家乡"是个矫情的说法，"回不去"的潜台词是想要回去定居或者常住，我并没有这样的打算，它在那里，那么就可以不停地回去，重新发现它，也行的。‖

# 纽约，离开纽约

New York Is Always the Choice

搬到纽约之前，纽约于我是一个想象的地方。我在美国南方读书那些年，每年都会去纽约一两次看亲友，但那时候纽约依然是想象中的地方，一个不是美国的美国，哪怕美国标志之一自由女神像就在那里。

但其实我到现在都没有去过自由女神所在的那个岛，只是在曼哈顿南端华尔街的尽头眺望过那个岛。那是个黄昏，我和某个前任闲逛到那里，面前是一圈围挡，围挡的那边是在整修的海边。围挡上是一个地产项目的宣传，引用了一句据说是富兰克林的话，前任无聊，复述着那句话："Where there is liberty, there is my country."（哪里有自由，哪里就是我的国家。）我们两个外来者，看着远处夕阳下的自由女神像，依然觉得自己这样的外来者，永远也不会成为那些来到美国、想要成为美国人心目中的美国人的人，哪怕那时候我已经住在纽约，也觉得不可想象。

但纽约是一个让外国人也觉得是家的地方。这就是它吸引人的地方。

纽约即咖啡
烫！
New York Is Coffee
CAUTION HOT!

街角咖啡店，Corner Diner

从小到大，有两部电影我看了无数遍，一部是《电子情书》(You've Got Mail)，一部是《迷失东京》(Lost in Translation)。一个在纽约拍的，一个在东京。前者讲在纽约开独立儿童书店的女人和开连锁大书店的男人的故事；后者讲嫁到洛杉矶的纽约女孩因现状而孤独难过，因丈夫工作的原因搬到东京后，遇到了可以听懂自己语言的不开心的洛杉矶过气演员。两部电影奠定了纽约在我心目中的位置。第一部里

面的街道、生活细节和家庭聚会讨论的话题很吸引人。

《迷失东京》让我明白，纽约人搬到洛杉矶不会开心。后来我去洛杉矶玩，也印证了这样的偏见。大概是因为在广袤的美国南方丘陵地带生活太久，搬到纽约后，再到洛杉矶这个如同煎饼式摊开的城市，缺乏兴奋和开心感。我更喜欢可以漫无目的地走路的街道，街道上冒着白烟，不喜欢平坦的道路，哪怕洛杉矶夕阳西下时光

26

影迷幻多姿。

我第一次到纽约过圣诞新年，住了二十天。有天天去"朝圣"《电子情书》里男女主角第一次线下见面吵架的那家甜品店。那时候我还没用上 iPhone，那部 Android 系统的手机十分难用。我在谷歌地图上查好地址和行程，写下来，坐地铁从格林威治村去上西区，颇费了些周折。那是一月份，天气很冷，走到咖啡馆已经是下午了，店外挂着电影海报，店里有些冷清，点了咖啡和甜品，找位置坐下，并没有感到电影里的气氛，甜品即便是在当年那个还不太懂得吃的我看来也不尽如人意。但我总算也是来到了电影里的咖啡馆，了却了一桩心愿。搬到纽约后，我再也没有去过那家甜品店，因为你到了那里，住在那里，就很快地融入了本地人的生活和忙碌中。虽然我是忙着无所事事，但每每清晨起来，走在朝阳下的街道上，也确实有在电影里男女主角上班路上的感觉。只不过将近二十年后的今天，纽约人不会再急着冲进星巴克，家附近总会有好喝的独立咖啡馆，连锁书店的生意也永远比不上依然健在的 Strand 和麦克纳利·杰克逊（McNally Jackson）书店。

搬到纽约之后，我住在中国城的一条街上，虽然之后也有想过搬走，但因为太喜欢中国城和下东区交界的这个区域，住了整整四年才搬走。因为是临街的房子又朝东，夏天很早就会醒来，秋冬也不会晚起。纽约的夜不那么安静，永远有救护车、救火车的声音。我家附近就是中国城一个救火队的站点，卷帘门上画着一条中国龙。我对救火员有着莫名其妙的好感，觉得他们敦厚老实。

这是一条奇妙的街，我家对面是一座古老的犹太教堂，教堂里有艺术家奇奇·史密斯（Kiki Smith）画的大窗户。教堂的讲解员说这一片最早是犹太人住的，他们和教堂周边的华人和平共处，成了街坊。但后来很多犹太居民都搬去布鲁克林了。在我搬走之前，教堂隔壁左边是中国城的网吧，右边是一个在建的艺术家画廊和工作室。这并不奇怪，很多城中时髦的年轻人会住在下东区或中国城，摄影师瑞安·麦克金利（Ryan McGinly）的

27

咖啡店 "O"
O Cafe

一家烘焙店
Burrow

家就在我家附近的楼里，我们经常在他家隔壁的福建人洗衣店碰到。再走远点，有一家难吃的时髦小餐厅"Dimes"，是演员、博主、画家聚集的地方，这里的成功给我做餐厅公关提供了一些启示，唯一不同的是"好面馆"是一家好吃的餐厅。

离开纽约赶飞机回国的那个清晨我起得很早，在这个街区走了一圈，最后看一看。那时候心里还是很不舍的，虽然说无论世界局势如何变化，离开了纽约，总还是可以回去，但在这个街区的生活再也回不去了。那天早晨我还把攒好的一桶硬币送给了洗衣店的老板，这个总给我送洗好的衣服的勤劳老板叮嘱我一定要回去。后来我真的回去过，但没有碰到他。

我记得离开那天早晨，房东太太最后对我说："Have a good life!"（要好好生活啊!）现在想来，纽约给我的启示就是要好好生活，无论在哪里都要。当时，我要离开的决定受到很多人反对，有人觉得我离开了就不能画出好的画了，有人觉得我离开了就不再是那个风格了。但几年之后回看，

他们都是杞人忧天。我从来不相信只有纽约才能给人灵感，我也不相信只有纽约才能重新塑造一个人（虽然很多人都希望在纽约书写甚至编造新的人生故事，但学历史的我永远无法夸大自己的经历，无法让任何东西戏剧化）。正因为不相信，才不会对离开纽约患得患失，才能每次回去都觉得有新意，每一次离开都带着收获。《迷失东京》的预告片里说，有时候我们要跑半个地球才能让旅程圆满，我觉得离开纽约之后的成长就是这种感觉。‖

伊丽莎白街花园
Elizabeth Street Garden

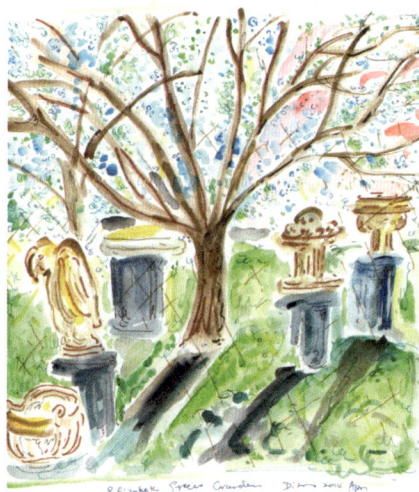

31

# 再看奈良美智

Seeing Yoshitomo Nara Again

在我 2020 年的看展列表上，洛杉矶县立现代美术馆的奈良美智回顾展原本是不能错过的，但因为疫情，展览推迟了，行程也被取消。唯一让我心理平衡的是，展览仅仅是推迟，有朝一日一切回归正常的时候，也许还能看上。

有前辈不太理解我为什么喜欢他，他们虽然了解他的创作轨迹，但还是觉得一个艺术家多年来创作的人物一直延续一种相似的风格和形象，是一种不够自由的表现。有的前辈觉得他的作品被商业化得太厉害，原作的价格和市场还那么好，实属过誉。

可是谁规定了一个人创作的形象、风格和主题必须有大变化，才算是进步的艺术家？又有谁规定艺术家的作品在大规模的商业化之后，就不能取得所谓"正道"的价格上的成功呢？很多艺术家追逐市场，也有很多艺术家追逐外界评论的声音，为了改变而改变，为了深刻而深刻，为了抽象而抽象，为了当代而当代，为了有情绪而有情绪……但只要是做作、拧巴的，就逃不过内行的眼睛，这是他们平庸的根源。相反，像奈良美智这样一直非常执着地追求自我表达，只按照自己的时间表来探索变化可能性的艺术家，才是真正值得尊敬的。

我从大学时代开始就喜欢奈良美智，觉得他的画面中的人物可以和我对话，无论有没有文字的辅助，人物带有的情绪都可以很直接地传递给我并感染到我。我属于那种从小到大都没有受过什么欺负和委屈的人，但这样看似平顺幸运的成长经历并不意味着我就没有情绪，就没有觉得不被理解的时候。奈良美智画里的人可以理解我，这是喜欢他的作品的原因。

更重要的是，在之后的若干年里，奈良美智的创作发生着变化，而同时我的心境和观看的方式也在变化。一直以来，我都喜欢看起来深刻但实际只是机灵精巧的东西，现在回看奈良美智的画，看到了他的变化，发现他也变深沉了，而对此，我也同样感到欣喜。一个人的成熟过程伴随着自己喜欢的艺术家探索创作的过程，就像陪伴在身边的老朋友，是一件幸事。

而在这个过程中，我也逐渐选择了将画画放到生活的重心上去。

如此期待去看他的回顾展，是因为上一次他的展览已是三年前。那是2017年4月，我刚刚决定要离开纽约。突然决定离开习惯了的地方，感情方面也不太顺利，要让别人放心满意，又要说服自己确信自己的选择，还要收拾搬回国的行李，处理杂事，在纽约餐厅的工作也没有结束……心事多，杂事也多。至于那时候有多不开心呢，大概就是看《伦敦生活》（*Fleabag*）第一季随时都会跟着哭出来。只不过我很擅长控制自己的情绪，在人前不会崩溃。

那是一个阴雨天，湿冷有风，那天处理了餐厅的一些工作后已经有点累了。但既然计划好去看奈良美智在佩斯画廊的新展，就一定要去。虽然展览展到四月底，但我害怕这次不去的话，接下来更忙乱，可能更提不起兴致去了。那段时间很神经质地把每一次看展都看成最后一次。离愁别绪有多浓只有自己知道。

去看奈良美智的展览，是为了暂时逃离这种情绪，之前也没有做太多功课。以为还是会看到熟悉的风格，不会撒谎的情绪、表情丰富饱满的小孩，等等。希望与他们的对视可以帮助我，至少通过观看这个对话形式，发泄一些压抑和困惑的情绪。

但当我开始看展，却发现奈良美智变了。这不是一个能让我宣泄情绪、感到舒一口气的展览，这是一个让我能平静下来面对难以摆脱的情绪的展览。他的画除了呈现坦白和直接的情绪，这一次竟然能让我平静。

这场在佩斯的展览叫"Thinker"（"思考者"），展出的是接近六十岁的奈良美智的创作。《艺术新闻》（ART-news）对奈良美智的采访中提到，随着年龄渐长，尤其在经历过日本2011年地震和父亲去世之后，奈良美智开始更多地思考如何创作，技法和呈现上都有了变化，想得更多，为自己而想，体现思考的过程。这次展览里有一组很完整的陶罐作品，用黑色的颜料将儿童的形象画在白色陶罐上，他们的眼睛依然能发光，仿佛洞悉一切。而雕塑作品都是一些头上顶着高高的树的闭眼小孩，他们处变不惊地闭着

眼，仿佛在休息或者冥想，但脸上能表现出有压力。在那些大幅油画里，小孩们无论是睁眼还是闭眼，神情都变得深邃了一些，可以盯着看很久。包围这些小孩的那种超现实的背景的光也能包围你，让你平静。是平静，不是治愈。现实还在那里，自己的困境和情绪并不会因为看了展览而缓解多少，看完令人平静的作品也不能解决问题，只不过让人换了一种面对问题的心情和看当下的视角。

当时我很喜欢这批新作品，现在再看依然喜欢，因为我也是绝大部分时间都在画画的人。观察和经历的越多，想的就会越多，这是必然；如何在作品中表现想法，又能把握恰当，不多也不少，这只有艺术家自己知道。奈良美智那个展览上展出的作品就做到了这一点。想要达到这个境界最重要的大概就是不为任何人，只为自己而想——不因为藏家而动摇，不因为市场而动摇，也不因为什么流行而动摇。

《艺术新闻》的那篇采访中，奈良美智还提到，虽然不能说他是为了这

样的目的而创作的，但他确实希望去
看他作品的人能够通过观看来和自己
对话，这算是观看的理想状态。但并
不是所有人都能做到。至少对我来说,
创作和观看的关系就是这样，是很私
人的行为，是独立的关系。能从观看
中获得对话体验的人，自然也能敏感
地察觉出艺术家的变化，而不能的人
当然会觉得奈良美智一直以来都只是
个画小孩的画家。‖

# 八分之一叙事

One Eighth of the Narrative

海明威有个著名的冰山理论：冰山得以安然漂浮，是因为露在水面上的只有八分之一，剩下八分之七藏在水下，不会露出。写作时候不用把什么都说出来，选择好了要写下的内容，那么不明说的东西有心的读者也会懂。就好像我们的人生和选择，外人看到的可能只是结果，而懂的人才知道缘由和未写出来的故事。我记录和表达出来的，也不过就是一个很小的露出水面的冰山顶部，只有这样我才觉得踏实和安全。

画画对我来说，是所有我擅长的表达方式中最接近自由的一种。想画什么画什么，想到哪里画到哪里。我不太喜欢把画画称为创作，大概因为它对我来说更多算是一个习惯，是从记事起每天会做且从不觉得腻的事。我在艺术院校出生长大，家中长辈大多从事艺术，但我从未专业学过，也不认为自己今后会将画画作为生活和事业的全部。它就是一个必需的存在，用来记录和表达八分之一的经历最适合。对我来说这就是自由，也有能力在画画之外尝试更多自己喜欢的事。

维持我生活和内心平衡的方式莫过于有足够的时间看书写字画画，工作也和这些有关，构成一个可持续的创作生活。我的生活中很多事都在变化，从一个地方到另一个地方，一个项目到另一个项目，人来人往，但可持续的画画生活是一直延续的主线。画画就是玩儿，玩儿得不够会觉得平衡被打破了，那就玩儿多一点。玩儿太多了就回去看书。

读书时候选择学历史，学了八年，主修美国历史，研究性别史。历史是基于史料有理有据的叙事和探讨，专业的研究需要避免演绎和抒情。我也因此反感夸大其词、情绪化和戏剧性。毕业多年，仍然更喜欢看非虚构的作品，尤其是历史书。但精彩的历史书也会产生极强的画面感，有的我画了出来。某种程度上，读书的时候画画，是在探索日常学习的严谨叙事之外的随意性，保持了生活的平衡。但这也是无目的而为，是习惯，只要是生活中记住的某个时刻和脑中闪现的某些难忘的场景和人，我就总会画下来。

我不算科班出身的职业艺术家，我画画似乎也不追求表达某种观念、进入某个语境。也许"没有观念要去表达"就是一种观念。在我的展览里可以看到很多漫不经心的主题，也可以看到很多人，有的取材于照片，有的是从某个日常的场景里记下来的，有的就是电影里或杂志上看到的。如果非要说什么，大概就是我比较喜欢观看别的人和别的事。总的来说很难归类，但是可以抽象出一些主题，比如私人空间里的人、公共空间里的人。大部分是女人，表现她们很自然的状态。好看的女人是我从小到大都喜欢的主角。

常常被人问为什么主要画女人，我知道他们想让我从女性主义或者我研究性别史的经历来谈。其实这完全是个人偏好，我只是更喜欢画女人罢了。记得20世纪70年代，琼·狄迪恩（Joan Didion）在一个访谈里被问道，她的小说的主人公大多是女性，是否意味着她写的就是女性的痛苦。她说不是，她写的是普遍的痛苦。试想在那个时代，如果她顺势说写的是女性的痛苦，会符合很多参加运动的人的期待，但她选择的是忠于自己的回答。我也一样：我从小就喜欢画女人，男人我也会画。就这么简单。

如果非要从学历史的经历去说，我想唯一合理的说法恰恰是，对我来说学历史是一个理性控制感性的过程，我接受的学术训练是非常严格又讲究逻辑、实证和辩证的，因此我不想把这段经历中看到的、想到的过多表达在创作里。这段经历之于画，也算是爱好，是思维训练和知识积累，是写作训练和阅读积累，如果我用这些来创作，迎合当下一些议题和口味，那就是偷懒和投机取巧。我希望把它们区分开来。至少现在是这样。

除了好看的人，我还爱画好看的东西、莫名其妙的一些感觉和想法。比如画食物。在赶稿、准备展览、搞创作的时候，食物令人满意是保持创作的一大保障，我属于比较挑食、吃不好就会不开心的那种人，这个部分必不可少，就画了下来。而且画食物本身就是种放松和安慰。画猫和画食物一样，是日常的一部分，是一种放松。

对于绘画唯一的期待就是能够继续画更多自己想画的主题，尝试更多的媒介和不同质感的颜料，那些外界评判标准对我来说反倒意义不大。因为从一开始我就在这个体系之外，也不想硬把自己纳入某个体系。不希望创作受到限制，首先就是不要在目标和期待上限制自己，也不要太在意别人的评价。

此前个展的展览文章也没有请批评家写，都是我自己写的。专业学艺术一直是我青少年时的备胎选项，但最后我还是没有让备胎转正，所以我常笑说自己画画是野路子，一半靠感觉，一半靠从小画画产生的领悟。野路子是我的挡箭牌，当然也成了有些学院派诟病我的地方。但就我自己而言，与其说去当一个学院派艺术家、纯艺术家或严肃艺术家，我更喜欢说我要当一个面对每一次创作和每一个想法都尽情尽心对待的创作者。搞创作的人纠结于这些描述和定义的时候，就已经偏离了创作本身，或者说已经在给自己画地为牢了。

你永远不知道哪一种创作会给你

带来什么启发，所以还不如打开所有可能性。为什么要跟别人一样呢？如果有能力跟别人不一样，那就一定要不一样。这或许可以解释我在成长过程中做出的很多选择。小时候不愿意和美院大部分子弟一样学艺术，就去考重点中学一直读下去，读大学时不愿意学商科就去学了冷门的历史，也一直读到差不多了，才尝试之后的事。

非科班训练的经历给了我另一种看事情的角度，也让我有了很多年比较不受拘束的时间。我明白很多画画的人追求一种职业路径，但我这种野路子出来的人是不在乎的。我在乎的是没有约束的状态。而且画画、写字这类事情，经过一定积累，自己就能判断，这个感觉自己知道，懂的人也知道。

有一天我的犹太人家长麦拉·卡尔曼跟我说，我们都是不需要读艺术学院的人，是"画画为了开心"的人。所以在创作的时候，绝对相信自己。我始终坚信只有我自己最了解我在画什么，我为什么这样画。别人之后会如何评价，我不在意，只要在我自己这里行得通就足够了。我相信忠于自己才是尊重自己，也是最尊重观者的做法。‖

# 猫与女人

Cats and Women

猫与女人 -1
Cats and Women-1

猫与女人 -2
Cats and Women-2

猫与女人 -3
Cats and Women-3

猫与女人 –5
Cats and Women-5

猫与女人 -6
Cats and Women-6

猫与女人 -7
Cats and Women-7

猫与女人 -8
Cats and Women-8

# 你也站在这里抽过烟吗?

## Have You Ever Had a Smoking Break Here Too?

有年深秋,我飞去了上海。因为台风,在上海的一天两夜一直下雨。每次去上海,我都会想起奶奶,她从小生活在这里,直到少女时代快要结束才离开。也是因为这一点点亲情的联系,多年前第一次到上海,就对这里产生了一丝亲切感。

我并不了解我奶奶,我在外公外婆身边长到三岁多,才被接回爸妈家,念寄宿中学前的几乎每一个暑假都在外祖父母家过。曾有好些年,我每个周末都回外公外婆家。爷爷奶奶和我

们住在一个家属院,但小时候我却不太与他们亲近,小学以后常去爷爷那里翻报纸,打打扑克,听听过去的故事,但和奶奶仍然不亲近。

唯一一次觉得可以获得她的保护,是五六岁时爸妈深夜吵架,我已疲于观战,特别困,就悄悄溜出家门,跑到步行五分钟的爷爷奶奶家,告了状。在奶奶给我换衣服准备睡觉的时候,爸妈来把我带了回去。原来是奶奶打电话告诉他们:吵架吵得欢,小孩不见了知道伐?我躺在外婆身边睡过很多

次，但和奶奶从未如此亲近过。而那一次逃跑，最超越自我的部分，倒不是去爷爷奶奶家告状，而是深夜十一点走夜路，睡意很深的时候觉得那段路不那么黑也不那么可怕。而最满意的是，从小很害怕的严厉、不苟言笑的奶奶，竟然二话没说让我进门睡觉了。说实话，敲门以前我心里没底。

记忆里最清晰的和她有亲密交流的碎片，一个是中学时她叫我少看点土小波，多看点优美的小说，比如欧·亨利和伊夫林·沃；一个是估摸着早恋年纪到了，她把我叫进她的房间，跟我说，以后和人结婚之前要确定自己到底爱不爱，毕竟要两个人仕一起的。两次我都觉得莫名好笑，觉得她给晚辈设的规矩挺多的。但如今想来，后一条还真是经验之谈，到底爱不爱的终极问题成了我结束一些恋爱纠葛的救命稻草。

奶奶和外婆是对比鲜明的人，外婆开朗乐观，很多话不往心里去，不开心的事很快就过去了。奶奶从小给我的印象就是有心事、严苛、不开心。我了解外婆，记得她的生日，但奶奶的生日是在她过世以后才知道的。

记得奶奶去世那天，我刚到美国留学，获知这个消息，我哭了很久。当时并不全因为悲伤，倒是夹杂着初到一个地方面对很多挑战和麻烦的忐忑，也夹杂着和过去、和故人告别的难过。至于想到奶奶的去世，更多的是感到遗憾和不知所措。还有就是，我直到大学毕业出国留学时，才想要去了解她，或者找到方法靠近她，但还没来得及，她就去世了。我对她的印象定格在医院病房里那个瘦小的身体，以及一些记忆的碎片。

记忆都是碎片，都是在不同情境下说服自己的论据。我知道的她的故事就有两个版本。

第一个版本是这样的，奶奶的父亲是国民党官员，母亲除了是养育几个孩子的太太，还是个工笔画家。奶奶的爷爷是个进步书店的老板，编过历史教材，写过爱国歌曲。奶奶家有姐妹兄弟若干，她排行第二。姐姐是地下党，受姐姐影响，她十几岁也成了地下党员，就走海路送情报去华北。1943 年离开家去了延安，念了"鲁艺"。新中国成立后嫁给我爷爷，一起到重庆建设大西南。

第二个版本，奶奶的父亲是国民党官员，母亲除了是养育几个孩子的太太，还是工笔画家。爷爷是个进步书店的老板，编过历史教材，写过爱国歌曲，史书有载，小有名气。奶奶家有姐妹兄弟若干，她排行第二。姐姐是地下党，奶奶一开始并不是地下党员。她爱上了不该爱的人，那个人年长有家室，无法给她结果。她不要留在上海，跟着姐姐加入地下党，还是少女时就坐船送情报去华北，1943年去了延安，再嫁给我爷爷，去了重庆。

总之，在这两个版本中，无论是为信仰还是为爱情，离开上海、与父母诀别都是她人生的一大转折点。这之后，她再见到父母，是六十年后去台北，跪在他们墓前。

2008年奶奶去世的时候，我写过她。那时我并不知道第二个版本，回忆起她的人生，能感受到一些不甘心。于是写文章的我也满怀复杂的感情，但这些情绪的波动或许更多是因为对她的不了解，以及无法弥补的遗憾。那时候觉得她追随信仰的决定还挺浪漫，但后来想想，如果她知道之后几十年经历的生活，还会不会做出同样的选择。

我始终觉得她对她追随的信仰以及为此做出的决定和取舍并不是没有怀疑的。她不爱做家务，不会做饭。我小时候的噩梦之一，就是早晨去上学时，被告知父母要赴我不能参与的饭局，我需要去奶奶家吃饭。她可以把每个川籍阿姨训练得能够做出上海菜和川菜融合的菜肴。实在是吃不下去，我讨厌所有融合菜或许就是因为这个吧。但就算这样，她还是过得挺讲究，毕竟是上海大户人家小姐。从小我知道的那些餐桌礼仪，都是在她家吃饭的时候被严格灌输的，如何不出声，如何喝汤，如何不抢菜，如何吃香蕉，如何吃冰激凌，等等。当然，受过先进教育的人也有矛盾的地方，她宠溺起我的表弟来很没有原则，我不可以抢菜、出声，但表弟是可以的。在我很小的时候，她就会跟我和堂姐说，因为我妈妈和婶婶，龙家绝代了，

蓝裙子的女人，Woman in Blue

虽然看上去她并没有太惋惜。我也没有太记恨，也不想用女权那一套去解释她的选择和痛苦。我总觉得她是不快乐的，不开心的人说很多丧气话是可以理解的，也许她只是依自己的经历来想，觉得做个男人，人生大概会容易许多。我和她交流不多，但她也偶尔对我讲过去在上海的生活。她不大了解厨房，却很了解布料。单纯为了信仰离开这一切，就不大站得住脚了。

后来，我远在日本的叔叔（奶奶的妹妹的儿子）告诉了我第二个版本。这个版本倒更让我信服。我总觉得她不快乐的原因之一是远离了自己熟悉的生活，而另一点就是，作为一个渴望爱又内心高傲的人，她从未得到过她想要的爱。离开上海是因为得不到完整的爱，嫁给我爷爷，我爷爷也不见得就是非她不娶的。

我小时候和除了奶奶以外的长辈都很聊得来，也喜欢跟他们相处，因为可以听到很多过去的故事，尤其喜欢他们讲述时那种历经人生起伏和时代变革之后的平静语气，也许之后学历史也跟这个有关。谁都是沧海一粟。

我爷爷在我念小学的时候开始写回忆录，作为他最喜欢的孙女，我常常是第一个读者。他曾在回忆录里写，过了三十岁，组织上就希望他可以结婚，男大当婚，就选了一个周围愿意和他去大西南的人。回忆录之外，他告诉我，那时候跟他好的姑娘，也是上海人，但她要回上海，不要去重庆。那个爱爷爷爱到愿意去重庆过糙生活的人，就是我奶奶。而她也许只是爷爷的一个权宜的选择。最后，他们在七十多岁时离了婚。

用外人的眼光看，奶奶是不幸福的，爷爷似乎没爱过奶奶。那时候很多婚姻都是这样，现在虽然恋爱自由了，但很多婚姻依然是这样。我很想问我奶奶一些问不出口的问题，比如你什么时候感到幸福过，你后悔过自己的选择吗？

出国读历史以后，和对中国历史了解甚少的美国同学聊起祖父母辈的经历，他们总说，你为什么还要学美国历史，把这些写成书就很畅销了。我不写的理由也很充分，在上个世纪众多历史节点上，我祖父母的经历可以说代表了许多中国家庭的经历，他们的遭遇有着吸引西方人眼球的卖点，正因为如此我才不想去写，如果写了，我就是在走捷径。另外就是，写自己或他们，总会触碰很亲密的部分，难免会有很感情用事的一面，而我写和历史有关的东西就可以避免主观的感情，虽然说无论写什么，只要开始写就必定是有立场和偏见的。

十多年前，爷爷出了回忆录，回忆革命年代的细节。奶奶留下的回忆很少，我觉得这可能是因为她还没有强大到可以去抽丝剥茧地回顾过去，不确定要用哪种口吻记叙一个并不顺遂、有违自己意愿的人生，当然也许她只是为了给那些她不愿提起的事留一份尊严。

我总觉得，爷爷奶奶也许更理解我内心清高的部分，我的一些坚持，我奶奶大概更能明白。虽然我看上去好说好笑，却并不喜欢社交和认识陌生人。我的名字里这个草字头加狄仁杰的"狄"的"荻"字就是她起的，当初她觉得我爸起的名字太难听了，就换了这个字。到了大学，中国历史课的老师点名，我答到，课后还问我是不是帮男生答到，我说当然不是，这就是我的名字。老师笑笑说，古时候，这个字主要是用作男人的名字，你家老人想让你像男孩子吧?而我爷爷，一直认为我哪怕文化课成绩好，也不能放弃画画，应该好好画画。从美国回来后，主要精力放在画画上，我爸还说，你爷爷要是知道你现在画得不错，有自己的一番事业，大概会是最开心的。而我也接受了自己本来的爱好，我就是喜欢画画。这就是他们的影响。

每次在上海，阴雨天吃完饭在路边烟歇的时候，就很想知道，七十几年前，我奶奶是不是也在这街头抽过烟。大概并没有吧，她那么讨厌人抽烟。‖